Chá da tarde

Anchieta Mendes

Editora InVerso

® 2022. Editora Inverso

R. Doutor Goulin, 1523 Alto da Glória
CEP 80040-280 Curitiba-PR
(41) 3254-1616 e (41) 3558-8001
editorainverso@editorainverso.com.br
www.editorainverso.com.br
Facebook.com/editorainverso
Instagram @editorainverso

COORDENAÇÃO EDITORIAL
Cristina Jones
Editora InVerso

REVISÃO
Bárbara Martins Wieler

DIAGRAMAÇÃO
Isabela Vitória

CAPA, PROJETO GRÁFICO E DIREÇÃO DE ARTE
Adriane Baldini

DADOS INTERNACIONAIS DE CATALOGAÇÃO NA PUBLICAÇÃO (CIP)
Mona Youssef Hammoud – CRB/ 9ª 1393

M538c

MENDES, Anchieta. **Chá da tarde**
Curitiba.: Ed. InVerso, 2022
152 p. 15 x 18 cm PTBR

ISBN: 978-85-5540-269-2

1. Contos e Crônicas. 2. Sentimentos. 3. Confidências.
4. Relacionamentos. 5. Cotidiano. 6. Feminilidade. I. Título

CDD: 869.5

Contos e crônicas: 869.5
Sentimentos: 332.1

ASSOCIADO CBL Câmara Brasileira do Livro

brazilian publishers

Para Magda Ribeiro, D. Graça Ribeiro, Márcia e a todas as mulheres, independentemente da cor, da idade: que amam, odeiam; que riem e choram; sofrem e se alegram; que lutam e gritam; que ganham menos ou mais; as que nunca amaram e as que amaram tanto; a todas elas, que são maioria sempre, e sem elas o mundo não tem graça nenhuma.

APRESENTAÇÃO

Incursões ao universo feminino

Chá da tarde, do escritor Anchieta Mendes, reúne dezesseis contos, todos narrados em primeira pessoa, por mulheres identificadas em seus próprios nomes e ambientados em cenários do interior do país. Naquele Brasil profundo que não ocupa espaço no dia a dia da grande mídia. Em cada um dos textos, o impacto de tal ponto de vista é direto e psicologicamente sutil, porque confere verdade e objetividade à narrativa, em razão de ser precisamente a protagonista quem a transmite. Fácil compreender o fascínio da comunicação imediata entre narradoras e leitor. Seus dramas individuais adquirem para nós eloquente força quando nos são transmitidos pelas próprias pessoas que os vivem.

Os temas abordados são os dramas, os amores, as comédias, tragédias, encontros, desencontros e, porventura, as tragicomédias da personalidade, em que ressaltam conflitos inerentes à condição humana e outras vezes ditados por circunstâncias adversas. Criada a personagem, introduzida no cenário que lhe cabe, vem o conflito, a situação, a 'fatia de vida' – porque este escritor busca sempre um veio ficcional, por mais tênue que seja, segue-lhe o curso na sucessão dos naturais desdobramentos. Cria-se, dessa forma, a ficção. Ficção que em alguns contos surpreende mais pelo inusitado do que pelo drama, a começar pelo conto que abre o volume. Em "Francisca – O amor muito tempo depois", o leitor se surpreenderá ao encontrar uma velhinha de 80 anos montando em motocicletas sem a menor cerimônia. Mas há aí outras surpresas. A história de vida de Francisca desnuda outra conjunção que a alguns parecerá sarcástica. O fato de o marido da personagem ter desejado ser militar sem nunca o ter conseguido e viver agarrado a uma espingarda enferrujada são elementos que se aliam para fornecer ao leitor uma ideia de ordem política. Acontece, porém, que esta ideia é densa e rica, é polivalente e permite mais de uma interpretação. E disto decorre que, dentre as várias possíveis, observamos que esta subentende uma série de planos e níveis internos inesgotáveis e invulneráveis à análise definitiva.

Já em "Rosa – revelações", o que parece um longo diálogo interior, ou um monólogo, deixa-nos ao cabo da leitura a impressão (que varia em grau, de leitor para leitor) de que a todos nós acontece, pelo menos uma vez na vida, um diálogo de subentendidos, no qual se jogou uma partida decisiva em nossos destinos, e da qual só tomamos nítida consciência tempos depois. Todas as demais impressões possíveis ausentam-se em favor daquela que o contista escolheu transmitir: e sabemos, depois de lido o conto, que a escolha foi a melhor, pela própria impressão deixada durante e após a leitura.

Anchieta Mendes esforça-se para delinear um ficcionismo em torno de personagens bem estudadas, tanto nas ações quanto nos sentimentos. Não foge à curiosidade de vê-las por dentro, porém de maneira impessoal, deixando ao leitor um julgamento próprio. São estudos corretos de conduta, mas saliente-se que o teor documental que o escritor filtra por meio do seu testemunho não invalida, jamais, o criador, o ficcionista. O armador de cenas e o construtor consciente de desfechos e segundos-planos estão comprometidos com a busca de um sentido. Há contos em que o autor consegue entrar naquelas mais recônditas intimidades das personagens, e com um agudíssimo olho secreto, devassa-lhes o mundo psicológico, esquadrinha-lhes os abismos inconscientes e subconscientes, conhece-lhes, enfim, as mínimas palpitações, como ocorre em "Joana – a espera".

Personagem, ação, atmosfera convergem para o intuito principal, que é despertar emoção em quem lê, e de que são exemplos textos de inegável halo poético, como o são "Verônica – o medo de sorrir" e "Carmem – estátua viva". Tudo sob o imenso caleidoscópio do sentir feminino, descortinando ao leitor as variadas facetas da mulher, desde a possibilidade do amor, lindo e ingênuo, em um encontro fortuito com um rapaz em um banco em local público, como no conto "Anna – o rapaz", até aqueles outros comportamentos que justificam o adágio popular de que 'mulher ultrajada destrói impérios', como acontece em "Marta — para-brisa", que detona na base de pedradas o para-brisa do carro do amado infiel, ou ainda pior, o caso de "Lucia – o espelho", que alia um texto de forte inquirição existencial a uma vingança premeditada contra o assassino do irmão de uma garota de programa.

Dois textos, decerto, entram na lista dos antológicos. São "Marluce – o seminarista", que nos incita a pensar profundamente no que é, afinal, o amor, e o mais belo de todos, e que vem a ser mesmo poderosa síntese em forma de ficção do que estamos escrevendo até aqui. Trata-se de "Laura – Regresso", relato pungente e densamente humano de uma mulher que sai do interior do Ceará, vai a São Paulo, onde por anos e anos trabalha feito uma condenada, e, afinal, regressa já envelhecida para sua terra natal no interior do Ceará, mas permanece imóvel, paralisada no tempo no que diz respeito, sobretudo, às possibilidades de emancipação verdadeira das mulheres.

O leitor se depara em cada um dos contos com situações conflituosas com algumas das quais todos nós, indistintamente, podemos espelhar-nos, ainda que vistas sob o ponto de vista feminino.

E isso fornece ao livro elemento adicional de interesse. Anchieta Mendes é autor que conquista o leitor porque faz com que as ocorrências se mostrem integralmente, e o faz de tal sorte que carregam dentro de si, sem que o leitor o saiba, um mistério, um nó dramático a ser desfeito, o qual não reside em qualquer artifício de improviso, mas em um andamento planejado que a dado momento deflagra o estopim, e o drama explode imprevistamente. Aí a grande força do conto. O jogo narrativo que prende o interesse até o desenlace, que é, regra geral, um enigma. E este final surpreende, deixa-nos uma semente de meditação.

Uma das sementes de meditação que esta obra, vista como um todo, nos provoca, e nos faz lembrar mais uma vez de Freud, é a de que ele, em sua imensa perspicácia, e observando o 'andar da carruagem" em seu tempo, observou que, para a mulher de fins do século XIX e inícios do XX, restava a escolha entre o desejo insatisfeito, a infelicidade ou uma neurose. Recuamos ainda mais neste início do século XXI. Hoje o discurso asséptico da ciência, da filosofia e da moral religiosa não disciplina ímpetos, afetos, desejos, comportamentos. Tampouco indica caminhos a seguir, nada ante a perda de referências absolutas e da corrida desenfreada do capital, característica de nossa pós-modernidade desnorteada. Se por um lado a contemporaneidade oferece um repertório mais vasto para as mulheres no mercado de trabalho e as tornou cada vez mais competitivas em relação aos homens, inclusive no que diz respeito à liberação sexual, a pergunta que não quer calar é se tudo isso não reforça mais o sentimento do 'ter' e não do 'ser' que diria respeito ao "feminino" como tal. Perguntamo-nos se o alinhamento cada vez maior das mulheres do lado do gozo fálico não vem justamente a obstruir a questão propriamente feminina.

Para o escritor russo Anton Tchekhov, a única esperança de redenção estaria na capacidade que tem o humano de se aperfeiçoar por via do autoconhecimento. Aqui assistimos à própria mulher que se desembrulha, se explica. Vivemos um tempo de urgências que nos alerta muito claramente, como alguém já escreveu, que 'não é solução atirar-se debaixo de um trem, como a Ana de Tolstói, nem ingerir o arsênico de madame Bovary, antes de retirar o manto que encobre a vista e começar a atuar. Deve haver outro modo de ser, outro modo de ser humano e livre'. É precisamente isso que buscam fazer as dezesseis mulheres deste belo livro. Reuniram-se em um afetuoso e sincero "chá da tarde" para nos contar das dores e delícias do universo feminino. Que elas, afinal, possam falar.

Krishnamurti Góes dos Anjos
Escritor e crítico literário

SUMÁRIO

FRANCISCA

O amor muito tempo depois

Quando subi na moto, com certa dificuldade, mesmo com o todo jeito de quem sempre trepa nesse tipo de veículo, não olhei para trás. Não precisava olhar porque sabia que o meu marido estava lá com seu olhar perdido. Não só ele, mas as suas duas muletas inseparáveis, as quais eu detestava. Também, e menos preocupante, aquela gente terrível sentada nas calçadas a acompanhar a vida dos outros.

Deixei tudo para trás: marido, muletas e as gentes de olhares de rapinas. Não mais queria voltar. Queria sentir o vento nos cabelos, no rosto, no vestido, em toda a minha vida futura. Mas voltei, infelizmente. Fiz isso várias vezes, com a mesma intenção e intensidade, mas não fui longe. Escondi de mim a coragem, não expressei medo a ninguém, mas, por dentro, remorso.

Nas vezes em que subi na moto, em todas elas, a imaginação galopou junto. Precisava, ah, como precisava daquela liberdade. Precisava fugir da mesmice, do marido e suas muletas e da revolta dele em não ter servido o exército. Isso por minha culpa, segundo ele, por ter escondido a carta tão esperada. Era um sonho; a vontade louca de enfileirar-se sob a farda verde-oliva e, mais ainda, empunhar o fuzil. Não sei qual a força que ele poderia ter. Talvez porque seria o único entre os homens daquele lugar pequeno, quase perdido no mapa, de gente mesquinha, de gente bisbilhoteira.

Por isso, por esse tempo todo, depois de tantos anos de casados, ele nunca esqueceu esse episódio, e repete e repete essa lamentação. Para qualquer visita em casa, independente de tempo, se ontem, se hoje, se tantos anos, repete as lamúrias. E o pior: o problema nas pernas, doença sem diagnóstico, sem acompanhamento médico. Só ele sabia e sentia. De uma hora para outra surgiram as muletas, feitas por ele mesmo com cano da pia. A partir daí, tornou-se doente de uma doença aparentemente inventada. Sempre ao sentir a minha vontade de sair, nem que fosse ao banco, à feira, ao mercado, ele se contorcia, até se deixava cair. Isso para chamar minha atenção. Eu fingia aceitar, entender a sua aparente moléstia. Outras vezes eu gritava, dizia ser mentira, fingimento, mas ele sempre me olhava com aqueles olhos redondos e miúdos, sem nenhuma alteração nas pupilas. Era pior. Lamentava, choramingava, murmurava pequenos impropérios, sem me olhar, a dar as costas, e ir até a calçada, apoiado nas malditas muletas. Eu ficava a olhar aquela cena estúpida e me pegava a me contradizer ao aceitar aquilo tudo e me amolecer nos pensamentos, a achar que ele estava doente mesmo. Talvez pequenos remorsos, talvez restos de sentimentos.

Ele não ia longe e não passava da calçada. Apoiado nas suas amigas bilaterais, ficava a ver os pequenos movimentos do dia, aquelas gentes de olhares inquisidores. A nossa casa era em cima de um pequeno morro, uma vila antes calma, mas hoje invadida pelo tráfego, por meninos e meninas soltos à vida. Ele falava com as pessoas, se mostrava com a sua imagem de doente, de quase pedinte no constante olhar miúdo. Olhava sempre a fábrica lá embaixo, há pouco edificada e que trouxe melhorias para o lugar. Nunca ele me expressou vontades de trabalhar lá, ou lamentos por a fábrica não ter vindo antes, em outros tempos, de idade melhor. Nunca. Queria o exército. Por isso que até hoje esconde uma espingarda enferrujada, desolada, aquela, na sua mente, companheira das imagináveis batalhas. A espingarda, acredito, seja o único elo possível para uma realidade que não viveu; teria usado a arma como um homem a desbravar caminhos e ensinado lições a muitos; mas não, ela nunca foi usada e a ferrugem corrói o metal.

Tenho dó do meu marido, mas tenho dó de mim mesma. Dó porque me casei em outras circunstâncias, em tempos outros. Ele não conseguiu me dar um filho ou eu a ele, a nós. Isso me dói, isso me deixa sempre sorumbática. Por isso que um dia tivemos que adotar um filho. Foi tudo tão lindo. Mudamos de vida e de perspectivas, de ares, de lugares, de olhares para as coisas.

Mas, um dia, a nossa alma, aquele ser que sempre quisemos e amamos e adoramos, morreu. Eletrocutado. Que tempos aqueles e o que tivemos depois da morte, senão lamúrias, desgostos, desgovernos. Tornamo-nos um casal apático, sem brilho, sem quase nada, enfim. Ele chorava pelos cantos a qualquer lembrança do filho morto. Eu, apegada aos afazeres, fugia para não vê-lo sofrer, enquanto por dentro me rasgava toda. E o tempo, remédio natural, mas não de total eficácia para a ferida, nos tornou maduros. Ele com as pernas doentes; eu com o coração acelerado.

Hoje subo na moto, não só por causa disso, mas por toda uma mistura de coisas, de solidão, de fogo dentro de mim. Vontades incontidas, desejos obscuros, loucura de mulher, sentimento mais profundo. Subo na moto, na garupa de um motoqueiro aventureiro, embora não saiamos dos limites da cidade, mas dos meus limites sim. Saímos todo mês para irmos ao banco. Amo ter que segurar na cintura do piloto, sentir o vento nos cabelos, nas minhas pernas nos meus braços. Saímos para uma aventura deliciosa, embora passageira. Sinto sempre o cheiro dele, o perfume que me inebria os sentidos, me deixa tonta, apaixonada. A sua fala, quase aos meus ouvidos, a dizer coisas incompreensíveis porque o vento tange. Imagino montar naquela moto como se fosse num alazão, agarrada às crinas, as pernas cruzadas nas ancas do alado, a viajar para bem longe e nunca mais voltar. Nunca vivi nada igual em toda a minha vida. Nem nos tempos mais jovens. Não havia remorsos, não havia arrependimento. Eu sabia que a morte poderia estar na virada da esquina.

Assim, toda vez, então, que se repetia a cena em subir na moto, apesar dos meus oitenta anos, imaginava subir como se fosse para o paraíso, apesar de distante e proibido.

VERÔNICA

O medo de sorrir

Minhas filhas sempre falam que eu nunca sorrio como deveria sorrir. Não sei se elas têm razão, talvez sim, talvez não. Nunca fui de gargalhar, nem no tempo de moça. Às vezes me pego a pensar nisso, me distraio por alguma coisa, e esse negócio de sorriso me vem à tona.

"Mamãe não sabe sorrir... sorria, mamãe, por favor."

Acordo com essa voz nos ouvidos repetidas vezes. São as minhas duas filhas a me atormentar até nos sonhos. Elas são adolescentes e ainda não entendem as coisas que aconteceram comigo. Elas eram crianças, talvez viram a minha situação, talvez não.

Vim de um lugar chamado Grota dos Infernos. Até o nome me arrepia, e até hoje não sei a razão dele. Só sei que foi por lá, num lugar a ermo, escondido de tudo e de todos, distante demais da cidade, que conheci o meu marido. Amor à primeira vista? Vim saber dessa frase muito tempo depois por conta das novelas, das raras amigas que me cercam onde hoje moro. Não sei se assim aconteceu. Só sei que aconteceu. Surgiu na minha frente pela primeira vez numa estradinha que dava para o rio. Não lembro o que ele ia fazer por lá, mas foi nesse tempo que o conheci. Era alto, magro, olhos pequenos, bonito. Arrepiei-me, mais de medo do que de amor. Medo daquele tempo, dos homens, das histórias que ouvi minha mãe contar, apesar de pular trechos maliciosos, buliçosos, para moças não poderem ouvir. Medo do amanhã, de casar, de estar a sós com um homem, coisa que nunca pensei, de ninguém por perto falar sobre, de como era, de como me sair. Medo do muito tempo depois, dos filhos, de não saber criá-los, de não saber como resolver os choros deles. Medo de amar aquele homem de maneira mais forte ou fraca ou não gostar não amar, não me sentir uma mulher digna. Medo medo medo.

Hoje lembro tudo pelo que passei e, muitas vezes, descobri não haver razão para isso. O meu marido me levou para o altar. Meu pai foi por ir, puxado pela minha mãe, e com cara de bravo. Resmungava como quem não queria o casamento por saber ser o meu futuro marido um preguiçoso. Nas precipitações dos sentimentos, da vontade de sair de casa, buscar vida nova, não acompanhei o pensamento do meu pai. Vim ver depois e depois e depois, até hoje. Era um folgado. Mas o meu coração batia forte, acelerado. Poderia sair dos confins daquelas terras para outras nos braços do amado, homem do qual não fui atrás, mas caiu no meu colo. Por falar nisso, nunca soube da boca dele por que gostara de mim. Falava qualquer coisa como "você é diferente".

Um dia anterior ao casamento, olhei-me no espelho. Não um espelho completo, dos pés à cabeça, mas o bastante para me ver. E não me vi bonita, diferente; era igual a tantas, pelo menos pelos aspectos do corpo. Magra, cabelos encaracolados, dedos das mãos longos (e dos pés também), sem atrativos a mais que chamassem a atenção. No íntimo, sabia não ser lá essas coisas, mas sabia que ele iria ganhar uma companheira para o resto da vida, isso eu sabia.

E assim foi. Pelos tempos vindouros, amarguei. Amarguei situações de desesperos, medo, raiva, lágrimas, solidão. Ele deu para beber, para dançar sambas, me deixar com as crianças em noites e noites. E o pior: em lugares quase a ermo, sem ter muita diferença para os tempos em que vivia com os meus pais. Vi-me sozinha, em escuridões lá fora por todos os lados, e o marido na farra, inebriado, a dançar com quem quisesse. Solidão dos diabos, com crianças a mamar, chorar. Nesse tempo de desespero, não havia sorrisos. Havia medo, raiva, desespero, terror. Imaginava mil coisas, desde cobras a descer pelas telhas, cachorros a latir pelas cercanias, corujas a piar avisando mortes. Pensava em deixá-lo, mas ir para onde? Para os meus pais não voltaria nunca, o remorso por jogar fora toda uma vida, e ainda a escanchar duas crianças a mais. Imaginava outra mulher a agarrar-se com ele, a dizer coisas indecorosas, a me trair feito um sem-vergonha. Não dava para sorrir, nunca.

Houve um tempo, depois de as crianças tornarem-se adolescentes, de Martins evitar a minha companhia quando íamos à rua. Vivíamos longe da cidade e, para chegarmos lá, era necessário subir num pau-de-arara, comum para aquelas bandas. A princípio achei estranho, mas para não me aborrecer, não me molestei por causa disso, e até hoje, é assim. Se eu mencionar que irei à rua, ele não vai, e só me diz que vai em cima da hora, para evitar o meu desejo de ir também. Nunca falamos sobre isso e nos entendemos à nossa maneira, mas intimamente me sinto rejeitada, mulher sem marido, a andar pelas ruas sem companhia, a não ser com as minhas filhas uma vez ou outra. Nada mais constrangedor do que me sentir só, solta pelas ruas da cidade, em compras nos mercantis e feiras.

Mas um dia o sorriso veio. Diferente, mas veio. De uma forma suave, aos poucos, e tornou-se meu, só meu. A solidão, sem nenhum desespero, e a religião como aliada, ajudaram-me a sorrir.

Não sou uma cristã fervorosa, devota por esse ou aquele santo, sem uso de qualquer sinal no corpo ou nas paredes. Sou cristã ao meu modo e gosto de ir à missa. Não todas as vezes, apenas quando o padre Alfredo aparece na comunidade. Não sei a razão disso, mas os seus olhos, a sua fala, o seu modo de gesticular, me fazem pensar besteira. E num desses dias, em um domingo qualquer, fui pega em flagrante pela minha filha mais velha.

"Mamãe mudou....", disse ela entre mim e a irmã;

"Mudou como?"

"O sorriso. Não vi um sorriso fácil, mas os lábios abriram-se diferentes e os olhos brilharam."

Fiquei parada, sem fala, à espera de uma sentença.

"O sorriso dos deuses?" – perguntou a mais nova.

"Não era qualquer sorriso, porque ele juntava-se ao olhar e ao brilho em conjunto. Brilho diferente de quem estava vendo algo novo, mesmo sem vivê-lo, acho."

"Você está indo longe demais, minha filha."

"Até comungar mamãe atreveu-se... coisa que há anos nunca mais."

"Quer dizer... o padre?"

"Parem, não vamos falar mais nisso."

Noutro domingo não fui, mas a vontade era enorme. O que sentia por aquele homem, quer dizer, padre, não sabia exatamente. Não o via como um padre, mas como um homem qualquer; não o via como um homem, mas como um padre diferente. Sei lá, tudo ficou confuso. Não o via como um amante platônico, mas como uma pessoa envolvida por uma aura boa e que me abalava o coração.

Não fui mais à missa. Não mais sorri como deveria, e minha filha nunca mais me cobrou essa anormalidade dos meus lábios.

CECÍLIA

Pedir não faz mal

Sou Cecília, moro neste lugar graças aos acertos do governo em nos ter dados uns metros de terreno, e onde fizemos nossa casinha para morarmos. Não foi fácil a vida antes e até hoje pelejamos para a sobrevivência.

Falam por aí que eu tenho a mania de pedir, mas pedir não faz mal. Faz mal é roubar, matar, falar dos outros, levantar falso testemunho. Tenho um marido e dois filhos. O meu marido é lerdo, sem tanta vontade para o trabalho, mas por causa de mim, ele faz o que eu quero. Já tivemos dias difíceis. Houve tempo de comermos somente feijão com farinha, e por cima um ovo, ou uma galinha perdida do seu dono, matada pela espingarda do João ou pelo estilingue do filho mais velho. Somente isso e nada mais.

O meu maior pedido foram as terras do governo, ou de quem vendeu para ele, ou de quem emprestou, não sei. Só sei que consegui, graças aos meus pedidos. E, por cima, tenho uma gagueira desgraçada, principalmente quando estou nervosa. Sinto nos olhares das pessoas, dos vizinhos daqui de baixo e lá de cima, do morro onde moram outras gentes, o desejo de rir de mim. Mas não tenho vergonha, porque foi Deus que quis assim. Sei também que a gagueira é contagiante, isso eu sei, pelo menos de momentos, assim, se alguém prestar muita atenção, ficar parado a ouvir os cortes das palavras, e aí, começa a imitar, sem querer, daqui a pouco enrola a língua, torna-se gago e outro também, até todos gaguejarem como um coro musical. Então não estarei sozinha. Mas dizem que só faço isso de pedir. Não é verdade, peço porque tenho dentro de mim algo como um verme que me empurra, me pede também, e aí é uma coisa puxando a outra, empurrando a outra, e nesse empurra-empurra sai o pedido. Saem vários, às vezes desenfreados. Quando me dou conta, já estou nas portas das vizinhas, ou com uma xícara, um vasilhame ou apenas as palmas das mãos. E o que é mais peculiar: sempre trago alguma coisa. Mas, por observação, já sei quem sempre me dá.

Uma vez ouvi alguém me dizer, de cima da porta, enquanto eu embaixo, no batente: "Mas vocês têm vacas, vendem leite, são aposentados, e ainda faltam coisas?". O que dizer a uma pessoa a me jogar na cara essa realidade? Responder assim: "Meu esposo é um bunda-mole; sempre que vai à rua, faço uma lista de coisas, mas o desgraçado esquece. Quando olho, falta um tempero, uma cabeça de alho, ou cebola... falta sempre algo."

Mas não sou eu que digo isso, mas é esse verme que me sacode e me impele. Tem a questão de o marido esquecer, ou sou eu que esqueço? Mas entre essas divagações, e as intempéries do dia a dia, e nessa loucura de pedir, fui mordida por um cachorro. Bem na minha perna direita, o bicho me abocanhou feroz. Era de um vizinho lá do alto. Quando o vira-lata me viu, os olhos esbugalhados como louco, partiu como se eu fosse um naco de carne ou uma carga de ossos. Vi-me perdida no meio da ladeira, e a única opção era voltar. Pensei em correr, mas me disseram que correr era pior. Mas só me lembrei desse detalhe depois, porque já era tarde. O de quatro patas, na ladeira, me fez tropeçar nas minhas próprias pernas, cair e ser mordida. Rolei junto com o cachorro, dentes nas minhas carnes, sangue em mistura com terra, olhos raivosos, céu no chão e chão no céu.

Depois da mordedura do canino, e do desejo infernal daquele monstro, ele me deixou de lado ao assovio do dono. Havia me esquecido desse animal que nunca gostou de mim, como muita gente do lugar. Fiquei no chão banhada em suor, areia e vergonha. Criei ódio por aquela situação e o transferi para o cachorro do meu marido. Foi por conta dele que me submeti a subir o alto em busca de uma barra de sabão, por ele ter esquecido de trazer na última viagem à rua.

Fui erguida pelo vizinho, o dono do cachorro, que lamentou muito pelo ocorrido. Ele me levou para casa cheio de desculpas, mas não ouvi o bastante porque a dor era terrível e só queria deitar-me e chorar. Chorei por todo o restante do dia e da noite e prometi a mim mesma não mais pedir nada àquela gente. Mas o pior veio depois. A ferida nunca sarou, como também a vontade de pedir, mas os dentes do animal me assombravam, me perseguiam nos sonhos e muitas horas do dia. Mesmo ele adoecido e morto dias depois, os dentes e aqueles olhos continuaram a fazer parte da minha vida, e quando a lua cheia surge no oco do céu, eu me transformo. Algo de estranho me penetra, sinto que não sou a mesma, salivo demais, não tenho vontade de comer, meus ossos estralam ao menor movimento e sinto que seco a cada dia. Meu marido apenas me lança o olhar como quem não entende o que se passa, e de vez em quando vai ao caixote, onde esconde o seu miserável dinheiro, para me jogar migalhas em forma de remédios que não me servem para nada.

O que mais me lamento, apesar da desgraça, é olhar pelo vão da porta, sentada numa cadeira de rodas, as cercanias onde estão os miseráveis dos vizinhos e não poder ir até eles para pedir o que o lascado do meu marido não trouxe na feira. E continua esquecendo, mas já não tenho coragem nenhuma de reclamar.

SIMONE

Jogo do bicho

Simone, Simone! Alguém gritava meu nome para chamar minha atenção. Segurei a ansiedade para não me revelar, embora já estivesse revelado, mas não quis me mostrar. A voz era masculina, e de masculinidade não queria saber, e não me interessava grito, mas jeito. O chamado me atentava, e me vieram à mente os tempos de adolescentes, quando me aborreci dos meninos e moleques. Mas antes brinquei com eles, bolas de gude, bolas de pano, cabra-cega. Fui para as meninas, e de amarelinha, no traçar das pernas, senti personalizar-me ao que queria: elas. Mas assim, sabe, aos poucos, devagar, sem alarde, aos poucos, pela metade, pelos lados, a beirar, aos poucos. Para os meninos, só os jeitos, os traçados, as roupas, o cacoete, o coçar do saco. Só. Por isso ainda adolescente o primeiro trago de cigarro esfumacei as ventas, fiquei tonta, gastura no estômago, quis vomitar. Minha amiga Angelina riu à beça quando me viu pálida, merda, fumar esses troços dá nisso? – perguntei, e ela me disse: isso é só no início e depois você se acostuma. Logo já fumava de tudo, menos maconha, mas cheirei muitas, de longe. Hoje não consigo largar o vício do cigarro. Uma pontada na cabeça, era a falta do fumo, depois de um gole de café frio e açucarado, passava. Tudo se viciou, até mesmo essa voz às minhas costas, Simone, Simone!

Ela, a voz, contrária a tudo que eu pensava, me alcançou. Ela e seu dono, Adeilton, que me via uma mulher perfeita para ele. Mas não foi por ter me chamado repetidamente, mas pelo seu jeito. Homem maduro, separado da primeira esposa, quatro filhos, segurança noturno. Parece comum, e era, e pela sua maturidade, não havia sexo. Amor de companheiro, mas sem sexo, ainda havia minha liberdade de ir e vir, e as amarelinhas seriam minhas. Mas ele, desgovernado na inteligência e se fazendo de besta, quis mudar tudo. De cigarros nos lábios, eu e Adeilton conversamos a respeito, amolecemos nas conversas, endurecemos noutras, e o tempo foi passando.

Quantas vezes rolamos na cama, e os beijos tinham gosto de cabo de colher, e eu ia levando nessa toada sem rima e ritmo. E quando ele ficava por cima de mim era a pior parte, vendo aqueles olhos graúdos em tempo de morrer, e os resfolegar da respiração, e eu nada, nadinha de nada, e o suor na minha testa não era suor de coisa alguma, mas de torcer pelo final da luta. E quando ele caía de lado com todo o corpo, sentia o vento assoprar meu rosto, corpo e alma, e se ele soubesse o que me vinha à mente: números, dezenas, centenas, milhares. E quantas vezes olhava para ele de lado a roncar feito porco, depois da baboseira, e nunca, mas nunca sonhei com ele para noutro dia vir na telha um milhar cheio. Nunca ganhei nada no jogo do bicho a sonhar com Adeilton.

Outra vida que tínhamos eram os jogos de cartas com os amigos dele. Adeilton deixou de beber cachaça, mas o jogo nunca largou. Um vício desgraçado, e eu achava bom porque ele me esquecia. Os jogos aconteciam lá em casa, sempre com os mesmos parceiros, gente do tipo fedorento, velhos barbudos, de caras de lua, de mãos grossas, de bigodes amarelos pela nicotina. Sempre os mesmos: Zulu, Pavio Curto e Ás de Copa. *Vamos, Zulu, joga a carta, ou está blefando?* – dizia Adeilton para encher o saco do outro; *você só diz isso, disco arranhado.* E outro, doutro lado da mesa, em frente ao companheiro, *isso, Zulu, bote fé que esse aí só faz falar, mas jogar que preste, nem nem.*

No meio desse tiroteio de acusações eu ria, jogava as cartas, via números e mentalizava para jogar no bicho. 97 era sempre uma dezena que me perseguia; e não sei por que esse carneiro enraizou em mim, talvez pelo fato de ter ganhado várias vezes.

Foi quando ganhei na loteria, e isso mudou tudo. Sempre quis esse prêmio como forma de ter algum dinheiro, porque nunca trabalhei. Nunca aprendi um ofício, sempre a lavar e a engomar roupas. Não quis depender de ninguém, e principalmente de um homem. Mas Adeilton veio para me salvar, e, o pior, ganhei na loteria com ele ao meu lado. Pior pelo que aconteceu depois. Foi quando paramos as cartas, pelo menos eu, mas ele continuou, e pedi para não ser mais em casa. Mas antes, quando o Adeilton trabalhava como guarda noturno, eu ia junto. Não conseguia ficar sozinha em casa, e ia com ele. Ele assoprando apito, cassetete na mão, e eu no encalço, garrafa de café para os cigarros e os devaneios.

Certo dia, Adeilton chegou com uma boa notícia: iria vigiar uma chácara. Os donos iam viajar por um tempo e precisavam de alguém, e esse alguém era ele. E eu também, juntos fomos. A chácara era próxima a nossa casa, e fomos dormir por lá. Entre as apostas do jogo do bicho e algumas papeletas de loterias, dormi noites agradáveis, como se fosse uma rainha. Seria uma lua de mel, isso não me veio à cabeça, mas Adeilton pensou e quis. Deixei-o se lambuzar no meu corpo magro, quase sem peitos, pernas e coxas curtas e cabelos ralos, longe do pescoço. Não senti nada como sempre, mas o que me deixou feliz eram as noites diferentes, quando o Adeilton ficava acordado para vigiar a casa. Eu dormia a solto, mas nem tudo foi graça, felicidades. O dinheiro pago aliviava nossas despesas, que não eram essas coisas todas, porque não éramos sofisticados, e nos bastavam café e cigarros, e, claro, o jogo do bicho. Mas cansei de ser rainha, de ter uma chácara, e achei que a nossa casa precisava de nós. E tudo deu certo quando Adeilton veio com uma ideia de conseguir alguém que ficasse no nosso lugar, e ele conseguiu, mas não se atentou de que o sujeito era beberrão, e tinha amizades diversas e adversas. Nego Duda bebia como se comesse feijão com arroz, mas Adeilton não quis ou entrou na minha de enjoada pelo lugar, e deu as chaves da chácara ao sujeito. O cachorro colocou tudo a perder, quase bota fogo na casa, fez festa com os colegas, raparigou feito um bicho, roubaram objetos de valor, a vizinhança chamou a polícia, e o danado ainda perdeu as chaves da casa. O mundo virou de pernas para o ar. Adeilton foi chamado na delegacia por parte do dono da chácara, enquanto o Nego Duda desapareceu como por encanto. Fui também com o marido, para testemunhar de que não tivemos culpa, mas o merda do marido pouco falou, pouco entendeu, e gaguejou feito malandro de periferia. Saímos horas depois como culpados, e não fomos presos, mas era necessário periodicamente prestarmos contas ao delegado. Adeilton, ao chegar em casa, cagou-se todo e depois desse tempo, parou de jogar cartas, se escondeu das pessoas, e só voltou à tona quando ganhei na loteria.

Ganhei um carro e um trocado, mas logo trocamos por outro, usado, para aumentar a grana. Com outra parte compramos uma casinha. Sobre dirigir, nem eu e nem ele sabíamos. Para irmos à casa da minha mãe, a 80 km, contratávamos motorista, e Adeilton ia sempre na frente. Com o braço na porta, enchia o peito e bufava como o pagador da corrida, o dono da casa, o senhor absoluto. Certeza de que esquecia do passado, do vigilante noturno, da responsabilidade da casa a jogar pelos ares. Mas ali estava, de sorriso aberto, a olhar para todos ao passar com o braço na porta, um semblante totalmente diferente. Adeilton era outro. Antes de o veículo sair totalmente das ruas para ganhar a estrada, falava com todos os passantes e dizia, *vejam, João Filho perdeu o pai, que chamava Aurélio, que era filho do Sr. Mateus, casado que era com D. Sinhá, filha do ex-prefeito Eriosvaldo, que foi o melhor prefeito da cidade, e que hoje ainda é vivo numa cadeira de rodas, lamentando sempre pelo fim próximo, mas satisfeito por ter casado cinco vezes, e de ter colocado no mundo vinte filhos, e de ter quarenta netos e uns tantos de bisnetos, e o motorista a ironizar, e não vai dizer de que o senhor sabe os nomes de todos os netos e bisnetos? Adeilton, com o braço na porta, senhor absoluto do ambiente, o peito arfado, com o canto do olho a espiar o motorista desafiador, resmungou,*

o primeiro neto de nome JJ Araújo, nasceu com um defeito na perna direita, coitado... e ia continuar, mas intervim, porque a conversa era longa e cheia de mentiras e não poderia aguentar tanta baboseira de um homem que conhecia todo mundo e ninguém quase o não conhecia. Cortei a conversa, a falar da estrada, das coisas vistas pelos arredores.

E fomos quantas vezes na casa dos meus pais, ostentando aquela fama dos diabos, com o marido pendurado sempre na porta, um motorista particular, um carro que não sabíamos como manter e o dinheiro aos poucos se acabando.

Primeiro vieram os filhos dele, se achegando como animais famintos a querer beliscar fatias, e eu de olho neles porque os filhos de uma égua colocaram na cabeça que quem ganhou na loteria foi o pai e não eu. E a partir daí criou-se um clima insustentável, brigas incomuns.

Segundo, e com a pressão descabida, veio a vaca magra, a casa a sobrar, e o dinheiro no vendaval, o carro transformado em mixaria, ausência de braço na porta, a volta da vida comum. Casa edificada em areia não se sustenta. Voltamos à estaca zero, e depois, o pior, tivemos que vender a casa, as coisas de dentro de casa, e por fim, antes que eu fosse de ladeira abaixo de vez, coloquei o peste para fora da última casa alugada.

Mas voltar para a casa dos meus pais, nunca. Hoje, agarro-me aos sonhos, aos palpites do jogo do bicho, ganho aqui e acolá, lavo e engomo roupas e vou indo. Sem peste de homem para me aborrecer.

HELENA

Zumbi

Quando perdi meus pais, primeiro minha mãe e nas proximidades meu pai, apesar de idosos, fiquei sem chão. Já me sentia ruim, devido aos estudos da matemática, quando tudo piorou. As mortes deles tornaram as coisas mais difíceis. Eles eram meus guias, meus cais, meus tudo. Naqueles fatídicos dias, pensei em morrer também, ir com eles, tomar suas mãos, deitar-me ao lado, desaparecer. Não conseguia ver ninguém, sequer meus familiares, e não fui aos sepultamentos. Eu já estava sepultada viva, ou quase viva.

Inventei de fazer faculdade de matemática, com o propósito de galgar mais na vida. Mas o que fiz, senão piorar todos os meus dias, e minha mente, e meus sentidos? Lembro ao meu lado o marido que caiu nos meus braços, em plenas provas de cálculos, de raiz quadrada, de cosseno, tangente, hipotenusa, triângulos. Mais novo do que eu não sei quantos anos, e, quantas vezes, sob névoas, as pessoas me olhavam como a me dizer, pedófila, desconfiada, aproveitadora de adolescentes. Isso me arrasava, e eu tentava não ouvir, ou não pensar nisso tudo. Mas algo de ruim entrou em mim, misturado às matérias, ao marido ao lado ou longe, e às ausências dos meus pais: enlouqueci.

Quantas vezes acordei sem saber onde estava; dormia sem saber se dormia e sonhar nunca lembrei. Fui empurrada direto para o CAPS, caí nos braços de um psiquiatra, engoli duzentos comprimidos de tarja preta. Saí de lá mais atordoada do que nunca, mas uma coisa foi legal: conheci algumas amigas, talvez pior do que eu. Maria dos Prazeres, Josefina dos Quirinos, Marluce das Dores. O interessante é que elas nunca aprenderam o meu nome, e me chamavam de Zumbi. Achei graça de me mijar, chorar feito menina, e até hoje não sei o porquê desse nome. Foram tantas loucuras, tantas artimanhas. Talvez meus familiares nunca souberam dos acontecimentos de lá, porque jamais os revelei. E muitas vezes, ao voltar para casa, me habituei a falar sozinha, alheia a tudo, a passear pelos vãos, sem falar com ninguém, absorta. Essas sensações, as tinha por consciência, mas sem percepções concretas de que fazia parte de um problema. Eu me deixava levar pelos meus instintos, sem pensamentos fortes, mas cá no fundo da mente, havia partes, recortes, lembranças soltas. Muitos dias estive sob anestesia, remédios fortes. Quantas vezes me olhei no espelho e não me reconheci: olhos fundos, tez pálida, pele do rosto de cor acobreada e de aspecto envelhecido. Vejo meu esposo com indiferença, grito com ele, cobro muito dele, e não sei por qual razão. Pego-me, às vezes, a pensar o porquê da fraqueza da minha mente.

Sempre fui tímida e cheia de não me toques, de vergonha a corar as bochechas. Na lua de mel, achei tudo estranho e dolorido. Nunca falei sobre isso a ninguém, mas consegui junto com as colegas do CAPS. Soltei-me como nunca em minha vida, e nem ao meu marido conseguia falar um nome feio, uma observação sobre o meu ou o corpo dele. As meninas sabiam do meu jeito, apesar das suas loucuras também, que, aliás, cada uma com a sua, e, no final, descobri-me diferente. Eu, com as meninas, era uma pessoa, e em casa outra, de forma a sentir-me uma estranha.

Maria dos Prazeres, um certo dia, saiu do banheiro completamente nua. Aparentemente, sem saber onde estava, com a toalha envolvendo os cabelos, calçada em sandálias velhas, de olhar brilhoso e um sorriso largo. O corpo magro, de peitos caídos, de pernas rígidas, andava a pular. E de uma vez, rodopiou no ar, agarrou-se a uma vassoura, iniciou dança com o seu par. Isso no quarto onde nos encontrávamos. E de repente parou, estendeu a mão a nos convidar:

– Vamos, meninas, vamos ser felizes! – Olhamos uma para a outra e entre sorrisos escancarados, Josefina dos Quirinos e Marluce das Dores tiraram as roupas e tornaram-se iguais, e eu, bom, não sabia o que fazer, ainda que consciente, mas sabedora das minhas limitações, pela primeira vez na vida, depois de adulta, dos meus 45 anos e até do meu casamento fiquei nua na frente de alguém. Mas, senti-me sozinha, e sem escolha, mais tendenciosa do que nervosa, despi-me. Sem me olhar, deixei para as amigas esta missão, mas logo vi sem necessidade – todas elas olhavam para todas e para nada. Senti-me bem, perturbada, é verdade, sem tantas convicções, mas livre. Demos as mãos, rodopiamos, nos abraçamos, rimos, choramos, suamos, brincamos como mulheres livres. Por fim, tomamos banho juntas, higienizamos umas às outras, assopramos bolhas de sabão, nos enxugamos, relaxamos nos nossos colchões. E antes de irmos embora, envolvidas ainda em toalhas, cabelos molhados, recebemos a última dose do dia, como se já soubéssemos o que viria, nos abraçamos em conjunto, choramos coletivamente. O que viria, sabíamos do alívio dos efeitos do medicamento, mas também da nossa separação, do hiato entre uma semana e outra, de não podermos nos encontrar nesse intervalo, de voltarmos como múmias, elas, e eu zumbi. Cada uma ao seu modo, com maridos ou não, a encarar a realidade de frente.

Em outra semana, o médico achou por bem ficarmos três dias confinadas. O meu marido achou estranho, mas sequer reagiu, sequer lágrimas nos olhos. Deu-me um beijo no rosto e foi embora sem olhar para trás. Quis chorar, mas sem tempo, porque fui logo resgatada para dentro. O médico não nos contou o porquê, e a enfermeira com a psicóloga falaram que era uma oficina de terapia, isso entendi bem, mas sem tanto gosto. Mas elas, as doutoras, não tinham ideia do que poderia acontecer. Dopadas por tantos remédios, a primeira noite tornou-se longa. Naquele lugar com cheiro de éter, de álcool, remédios, só tínhamos nós, a enfermeira e o porteiro. O porteiro era um senhor bondoso, mas dormia muito no serviço. O nosso quarto tinha três janelas, sem grades, o que facilitava alguém por elas pensar em fugir. Às 22 horas, a enfermeira trouxe os comprimidos. Vigiou a nossa guloseima, saiu logo após, sabedora de que havíamos engolido aquelas porcarias. Maria dos Prazeres à tarde bolou um plano:

– Vamos pular a janela e sair por aí. – disse ela com olhos alegres, como menina peralta.

– Mas como fazermos isso? – duvidei.

– Conheço um jeito de não engolirmos o comprimido. – disse Marluce das Dores.

– Vamos treinar com algo parecido e temos que segurar embaixo da língua.

– E se a égua da enfermeira pedir para abrimos a boca? – falou Maria dos Prazeres.

– É torcermos para isso não acontecer.

Relaxamos naquela tarde, enquanto cada uma repetia a contar o que fazia da vida. Maria dos Prazeres, 35 anos, pelo sobrenome ou apelido já se tinha uma ideia. Caiu na vida logo aos quinze anos, e como muitas por aí, foi expulsa de casa, mas voltou quando o pai morreu de tuberculose. A mãe aceitou-a de volta, com o pensamento de mudanças da filha, mas isso jamais aconteceu. Hoje, sem mais os pais, se ajeitou com um marido de fachada, que sabia dos prazeres dela, a loucura pelo sexo desenfreado, das doenças adquiridas, sem filhos, sem mais parentes. Somente o companheiro ao seu lado, embora apenas para usufruir das misérias que ela ganhava.

Josefina dos Quirinos desde adolescente não batia bem da cabeça. Vivia com a avó e tornou-se evangélica quando teve noção da vida. Veio para a reabilitação devido ao fanatismo arraigado e profundo. Via Jesus em tudo o que era coisa, até na ponta de um alfinete, e rejeitou muitos namorados porque de Deus ouviu que eles não serviam. Sim, garantiu a nós que Deus falava sem parar com ela. Só deixou de avisá-la de que iria pular a janela, talvez com a esperança de achar Jesus de novo e levá-la embora nos seus braços divinos.

Marluce das Dores, em idade intermediária a nós outras, também teve seus sofrimentos. A aparência dela é a mais gritante, com a ausência de paz no semblante; aspereza na fala, nos gestos e movimentos de pescoço repetitivo de dar agonia. As mãos tremem sempre. Soubemos que chegou até esse estágio a partir do estupro sofrido pelo próprio pai, assédios de irmãos e tios. Morava nos afastados da cidade, em um lugar a ermo, em cima da serra, onde só habitam bichos, e os mais perigosos estavam dentro de casa.

Eu, a Zumbi, sou a menos problemática em relação às minhas amigas. Estou aqui porque, mesmo aparentemente simples, não consigo dormir sem os comprimidos. Vejo, igual à evangélica, pecado em tudo, embora eu tenha a aparência de inocência, de vergonha descabida, e odeio e não consigo falar sobre sexo. Vejo nele algo que não cabe em conversa, em assuntos com jovens ou mesmo adultos. Quando faço amor com meu esposo, não tenho prazer, mas dever, e quantas vezes vêm, no ato, as imagens dos meus pais, como se eles sempre estivessem me proibindo, a mostrar que aquilo é pecaminoso, nojento. Até hoje, nunca consegui entender isso, e vivo me cobrando a todo momento esses pensamentos terríveis que não me deixam em paz.

Vinte e duas horas, depois dos comprimidos jogados fora, de as luzes se apagarem, conseguimos pular a janela. Josefina relutou, lágrimas desciam dos cantos dos olhos, se tremia toda, mas foi. Pulamos, mas logo percebemos que do jardim não havia como irmos longe. As grades eram pontiagudas, mas todas nós adquirimos um não sei o que de liberdade, de que podíamos vencer os comprimidos, os nossos medos, as angústias, as pessoas do outro lado, e o mais importante, as nossas mentes.

O porteiro nos levou para dentro e não nos denunciou. Nas outras duas noites, não foi preciso pular janelas, íamos para o jardim, nos bancos ficávamos a ver as estrelas, a lua, os pirilampos, ouvíamos nossos casos, as nossas atrocidades, os devaneios, as loucuras, as nossas risadas, embaladas pelo café que o porteiro nos oferecia.

ROSA

Revelações

Minha mãe quando me viu chegar com a mala na mão, me olhou com olhos enviesados, e de canto de boca exclamou algo indecifrável, mas que poderia jurar ser: lá vem essa menina com seus problemas. E ela estava certa. Problema sério, mala, gosto ruim na boca, aperto no coração, lágrimas nos cantos dos olhos, alma em agonia.

"Se for o que estou pensando, pode dar meia-volta."

Essa era a minha mãe, durona, insensível, e pronta a não me querer de volta. Tudo pelo que ocorreu no dia anterior.

Quando nos casarmos, meu pai vai matar um porco, e eu não sei o seu, mas se matar serão dois, e outras tantas galinhas, além das guinés. Vai ter cerveja, sarapatéis, baião de dois, e as nossas gentes todas das redondezas. Será um dia e noite dos mais maravilhosos das nossas vidas. Minha mãe está num pé e noutro para isso tudo iniciar e acabar, e parece que ela quer que eu saia logo de casa, e eu não sei o seu caso, mas acho que não, porque vamos viver lá, ao lado da casa da sua mãe, no alto, como combinado. Seremos felizes e para sempre porque nos amamos – nos amamos, não é? – claro que nos amamos e não precisa responder porque sei das suas vontades, da forma como me olha e me quer, e isso é amor, sei disso, e porque está sempre a me dizer, mas isso é bom, qual a mulher que não quer seu homem a falar sobre amor e tudo mais?

Então será inesquecível o dia tão esperado, independente de quantas pessoas vierem, não importa. Se sobrar carne, galinhas e outras guloseimas, noutro dia continuaremos, minha família, sua família. Mas caso isso ocorra, será isso um mau presságio, algo de terrível, talvez sim, talvez não. O importante é que será lindo, principalmente pelo filho aqui na minha barriga, não é? Mas você sabe disso, sabe que o meu amor por você vai além... tá bom, eu acho que você pensa que esse bebê foi pensado, te agarrar pela barriga, segurar os seus ímpetos para com as outras; aquela da cidade quando você fugiu de mim para os braços dela. Não me olhe assim que eu sabia muito bem da sua intenção. Foi embora, fugiu para aquelas bandas de lá, se esconder de mim, me esquecer. Mas quede de aguentar? Sabe muito bem como faço, os meus truques, o meu cantinho. Demorou o bastante de um tempo de nem cair meia dúzia de chuvas, e de repetente voltou. Voltou para os meus braços... está pensando como esses vizinhos idiotas pensam, andam falando por aí? Nem pensar, isso não é verdade, nunca quis fazer isso, nunca, mas se fosse verdade diria... Por favor, você está pensando nessas coisas...? Pare, por favor, não quero ouvir, não de você. Basta essas fofoqueiras lá de baixo, da ponta da estrada. O quê? Não consigo ouvir você... esse seu olhar diz tudo, me espanta...pare!

Tá bom, sei que fizemos coisas boas, mas não tantas. Mais pecados do que santidades; mais pedras do que areias. Mas vamos ser felizes, sim! Veja minha barriga, está crescida, a criança está feliz, vamos ser felizes. E isso é tudo para o casal: filhos. Vamos tê-los. Eu sei que você quer, está nos seus olhos, nos gestos, nas poucas falas, é verdade. Não importa nossas condições, a sua, de plantar e colher feijão; a minha, de cozinhar, limpar a casa – que detesto – e cuidar desse rebento. Não importam os dias que virão, se com dinheiro ou sem, seremos o mais importante de uma vida, pode crer. Podemos até brigar, batermos bocas, sacudirmos um ao outro, mas nos amamos. Poderei te atrapalhar nos seus propósitos, de querer sair desse lugar para alçar voos, relutarei, gritarei, chorarei e farei escândalos que todos desse lugar jamais esquecerão um dia. Mas com calma, tudo dentro dos conformes, como todo casal passa nos seus dias mais nebulosos. Perder você nunca, jamais, por nada nesse mundo, e eu sei que você não me quer perder. E se for menino, qual o nome colocaremos...? – eu quero que seja um menino e você? – diz... ah lembrei, um nome com a inicial M, para comemorar o seu nome. Lembro que falamos sobre isso um dia, bem ali sob aquela árvore frondosa em frente à casa dos seus pais.

Outro assunto importante e que sempre me pergunto: o que você viu em mim? Ficarei à espera, calada, sobre a sua resposta. Estou no aguardo. Ah! Como sempre: não diz e me deixa tonta de raiva... calma, só estou a falar, mas o seu silêncio é chato, e depois fica a dizer por aí que falo demais, que não deixo você falar, que sou doida, tenho pouco juízo, não entendo muito as coisas e as mensagens, interpreto as coisas erradas, desvio os sentidos, aproveito as deixas para jogar as minhas pobres opiniões... Sei perfeitamente que se fala por aí sobre mim, mas não posso esconder de que tenho minhas opiniões, embora também tenho a consciência de que aproveito muito as notícias para divulgá-las... Também, a morar nesse lugar perdido do mapa, notícias aqui e ali são raras... O quê? Balbuciou alguma coisa? Não precisa dizer, já sei... não minto sobre as conversas que chegam até a mim, aumento um ponto, alguma coisa que me vem na garganta, na língua, e sai, e depois de sair, adeus, foi.

E o meu corpo, esqueceu? Mas digo que você se apaixonou por ele, sim, mesmo eu sem um pingo de bunda, peitos que um dia vão cair, mas estão seguros, e os meus cabelos negros, de índia, e a pele também, morena como canela. Meus olhos são assim graduados, mas não causam medo. E você? Não me pergunta o que vi? Eu sei o que vi e senti. Você me deixa nervosa, atônita, de cabeça virada, e tenho ciúmes de matar, de doer. As suas pegadas estão todas cravadas no meu corpo, da ponta à cabeça, todas as digitais canto a canto, e não saem, nem despregam, estão aqui, veja, em todo o meu corpo, em todas as partes. O que vi em você foi a tranquilidade, a passividade do olhar, esse calar nervoso, a fala calma e puxada, a voz que me penetra, o charme do corpo por inteiro. Eu vou falar a verdade, não mereço você, mas já é tarde, tudo está traçado, parece escrito no firmamento, bem ali no meio daquelas estrelas. Por isso estamos aqui para ajustarmos o nosso casamento, o dia, a hora, o local.

De novo com esse olhar de reprovação, por quê? Não venha me dizer que está arrependido, que quer fugir da responsabilidade, que está pensando na vida de solteiro a perder... vai perder, sim, porque homem casado é outro, e a responsabilidade aumenta. Também a minha vida vai mudar, já está a mudar. E você me conheceu dentro de casa, trancada, parada? Você me conheceu nos bailes, de copo de cerveja na boca, minhas irmãs como companhia, e a dançar como quem nunca um dia iria se casar. Nunca. E não estou arrependida dessa gravidez. Nenhum instante me passou pela cabeça arrependimento, vontade de tirar a criança. Não sou religiosa, fervorosa, mas sei que a vida vale tudo, e a criança não tem culpa das nossas ações. Você entendeu? Balance a cabeça pelo menos e afirme de que fizemos por amor, e a criança será linda, se homem, se mulher, não importa. E ainda continua com esse olhar? Quer dizer que vamos voltar ao assunto do que falam por aí? Alguém deve ter enchido sua cabeça de besteira, de assuntos ruins, e aproveito para dizer sobre um defeito seu: sempre acreditar no que os outros dizem, e não tem coragem de tirar a limpo. Pergunte, pode perguntar qualquer coisa, se acha que o traí, que esse filho não é seu? Não é isso? Vejo negar com a cabeça. Então, o que é? O quê? Ah! Já sei as acusações: de que coloquei macumba, de ter ido aos terreiros de umbanda, de ter feito mandinga, de ter costurado boca de sapo, de ter oferendado cachaça e galinha preta para que o fizesse desistir daquela serigaita lá daquela cidade e só visse em mim a mulher ideal, perfeita, de que ficasse cego para essas tantas que passam por aí pela estrada, umas que moram ali nos arredores da igrejinha e jogam charmes, rebolam suas bundas moles para o seu lado, piscam os olhos na sua direção, jogam os cabelos a revelar que estão no cio, doidas para noitadas, farras, motéis? Você acha que sou capaz disso tudo? - Sou sim, não escondo, fiz e faço, tá ouvindo? Porque quem ama cuida, assopra, esquenta, alivia, apalpa... ouviu? Apalpa, toca, enxerga... chora também... não aguento mais, meus olhos não te enxergam de tantas lágrimas. Olhe!

Onde você vai? Vai fugir...? Vai me deixar aqui sozinha nesse descampado, nesse alto... o que faço? Voltar para a casa da minha mãe? É isso que estou ouvindo? Pra lá não volto nunca mais!

JOANA

A espera

Meu marido saiu de casa... notei por causa dos pães mornos em cima da mesa da cozinha, depois de ver os outros cômodos.

Quando acordei naquela Sexta-Feira Santa, já apavorada pelo dia, que sempre recai sobre mim como uma espécie de tempo de indulgência e sacrifício, o Judas do meu marido não amanheceu ao meu lado. Agoniada pela ausência dele ao lado da cama, pensei besteiras, mas depois me acalmei a me lembrar de que poderia ter ido comprar pão, ou algo semelhante, apesar de ser feriado.

Ergui-me pesada, a sentir dores nas costas, os olhos terrivelmente cansados, além das juntas. Estava sozinha numa casa simples, a duas casas para a esquina em frente à Igreja Matriz. Fui me arrastando até a cozinha, mas antes ao banheiro, e me refiz um pouco do cansaço, da fadiga da noite ruim. Na cozinha, fui ver as coisas para fazer, no caso café, leite e outras iguarias, e em cima da mesa vi um pacote de pães ainda mornos. Pensei logo que o marido foi a outro lugar, e não me quis acordar, embora o meu acordar diário fosse praticamente o mesmo dele. Mas tive pesadelos durante a noite, senti-me péssima, sempre a me mexer, algo a mais a não saber das razões. Acordei fora de hora e ele não me esperou.

Por todo o dia, desde o fazer das coisas, do almoço, ele não apareceu. Desesperei-me por um momento, mas logo me acalmei, e imaginei-o estar na casa da irmã, a pelo menos sete quilômetros de distância. Às vezes inventava de fazer visitas, sem antes dizer nada, ou para ir buscar alguma coisa para as suas ferramentas de trabalho, ou mesmo para rever a irmã, que ultimamente estava adoentada. Outra sua irmã morava na cidade, não muito distante, e ele poderia ter ido vê-la também. Tudo em paz nesse sentido. O certo era cuidar dos afazeres, o almoço que gosto de fazer logo, porque temos um hábito de almoçar entre as dez e onze horas, sem esticar muito pela tarde. Tenho diabete aguda, por isso não posso ter intervalos longos para o almoço. Quando ele chegar cansado da viagem, encontrará o almoço pronto, como sempre.

Atolei-me na cozinha como forma de me entreter e esquecer desse pormenor chato de o marido sair sem sequer me dar satisfação. Nunca gostei da solidão, e ele sabe perfeitamente desse meu pavor, e parece fazer isso para me contrariar, me apavorar. Seria como jogar uma ratazana pela casa, me fazer subir nas cadeiras, ou sair louca pela porta e me jogar na frente de um carro. Sabe também que gosto de tagarelar, dizer o que sinto, o que sai de dentro de mim. Desconfio dessa ausência, desconfio de que não há visitas, nem sequer penitências. Talvez esteja no caminho do Calvário, seguindo a multidão, mais um a crucificar o Cristo, enquanto as coisas estão por ser feitas, as panelas a dançarem no fogão, na pia, na mesa. E eu aqui, à espera de um homem que pensa estar sozinho, vive sozinho, malgrado ainda não termos filhos, talvez com eles fosse pior, ou sem eles apenas o pior do momento. Mas fico a imaginar besteiras nesse período que antecede a hora do almoço, com essa comida praticamente pronta, ainda a fumegar, e onde ele está, com quem está, e por que saiu logo cedo, sem me avisar?

Olho pela janela e vejo o sol bater forte nas portas, no azul da Igreja, e o clarão volta para mim a arder meus olhos, e sinto pontada de agonia, a reverberação que vem das pedras toscas da rua, do ardor, do calor. Descem-me suores pelo rosto, dorso, e me vem vontade de chorar, de sair correndo pelas ruas atrás do meu marido. Vem-me a figura dolorosa do Senhor Morto no interior da igreja, que está coberto pelo tecido roxo, e me sinto coberta com esse mesmo tecido, fantasma da tarde, a olhar a solidão da rua, a minha solidão, num dia de penitência, de uma mulher forte, mas doente, a se recuperar do câncer no pulmão.

Sempre gostei de comer, de me lambuzar de guloseimas, e daí a gordura, a diabete, e o refreio em diminuir a comida, e hoje, apesar das proibições, a vontade me apetece em cair em cima de um prato coberto de tudo que não posso saborear.

A hora do almoço chega com as onze badaladas do sino da igreja, bem dentro dos meus ouvidos, perfurando minha alma. Obedeço a uma regra de deixar a mesa praticamente pronta; sento-me no meu lugar, o ouvido colado na fechadura da porta, à espera de que ela se abra, e entre um corpo magro, alto, a trazer rosto oblíquo, queixo fino e olhos miúdos por demais. Preparo-me a ouvir a sua voz esticada, puxada pelos esses; também aguardo que ele me abrace por trás, enlaçando-me a cintura num carinho peculiar. Talvez esteja a exagerar quanto a esse último querer, mas o que custa um marido chegar tarde, de onde não sei, sem dar satisfação e me ganhar com um abraço e um sorriso?

O almoço esfriou quando das dozes badaladas do sino, e este a me perseguir, a me pôr de cara com a realidade e a me dizer que o tempo urgia para o fim. Ergui-me, e de peito vazio, retirei os pratos também, com os olhos marejados, nebulosos de tal forma a quase jogar todos no chão.

Não fiquei nem um minuto na cozinha, e achei melhor armar a rede na sala, com a meia banda da porta aberta, onde podia ver a rua. A ideia era prostrar-me pelo tempo que achasse possível, no maior abandono natural, a deixar a casa revirada, a cozinha em bagunças, e a alma leve. Fiz. Deitei-me de corpo inteiro, e durante toda a tarde, hora a hora a despertar pelo zincar do sino, não vi um pé de gente nas calçadas, e ninguém a bater na porta para um dedo de prosa. Sexta-feira de provação do espírito, senti a névoa da noite chegar, entrar pela porta, pairar sobre mim como manto nebuloso e me fazer chorar, angustiar-me e arrepiar-me de pavor.

Tomei um banho demorado, a deixar a água cair pelo corpo na esperança de haver limpeza superficial e profunda. Ao mesmo tempo da espera, havia na minha mente a vontade de ir à casa da irmã dele saber do seu paradeiro, bem ali a três quarteirões. Mas não me mexi quanto a isso. E no banho, a esfregar-me, pensei melhor higienizar-me com mais força, com mais precisão, em todas as dobras, cantos do meu corpo, aliviar-me da dor, azular minha pele como nunca. A água que caía misturou-se com a salgada de tal forma a me levar para um lugar a ermo, onde me via no deserto, sozinha, a delirar sob raios de sol escaldante.

Saí do banheiro mais suada do que molhada, e com início de dor de cabeça. Daí notei a entrada da noite depois do sino anunciar a hora do Ângelus, e de repente me senti absolutamente calma, suave e leve. Mesmo a dor de cabeça a querer arrebentar-me o crânio, me vi noutro mundo. Esperaria o marido de cabeça erguida.

A noite avançou. Fechei as portas, chequei todos os cantos da casa para certificar-me de que nada poderia dar errado. Apenas me mantendo entre suores, lágrimas e água, a noite tornou-se delirante. Quis sair, ir à igreja, mas a Sexta-Feira Santa não havia missas, embora lá as quatorze estações me esperassem para peregrinação, mas não fui. Arrepiei-me quando, meia-noite, o som da matraca invadiu a casa, me fez sair do torpor, da letargia, porque não havia pregado os olhos. O mundo revirava na minha mente, o marido perdido, sem notícias. Em conjunto com o som da matraca, havia sons de passos nas pedras das ruas, rumores, choros, e cheiro no ar de velas queimadas.

Fui à porta, tentei abrir, mas a coragem foi pouca. Fiquei a ouvir e sentir a matraca, os passos, e as batidas fortes do meu coração. Durante a noite inteira esses sons não saíram da minha cabeça, envolta com a ausência do marido. A noite me fez viajar por paragens nunca dantes pisadas. A matraca, na medida das batidas cadenciadas, ocas, fortes em ecos arrepiantes e metálicos, durante toda a madrugada, me jogou da cama, me fez acordar de vez, e, entre o medo da escuridão lá fora, do Senhor Morto, das vozes e sussurros, não dormi mais.

O sábado amanheceu a rasgar as frestas das janelas e portas, e eu, tonta de sono, lenta nas ações, fui, sem mesmo tomar o café, para a igreja. Precisava, na sequência das quatorze estações, pedir perdão pelos tantos pensamentos pecaminosos, pelo arroxo no coração e, sobretudo, sabedoria para ouvir as desculpas do meu marido.

Ao descer as escadas da igreja, depois da penitência, dos joelhos avermelhados pelo ajoelhar e erguer, vi de longe a silhueta do marido. Ele vinha em passos comedidos, lentos, pela calçada doutro lado. Atrás vinha uma mulher, bem próximo, e ao chegar na porta de casa, ela passou por ele, sem olhá-lo e sem cumprimentá-lo. Normal, comum, gente que vem, gente que vai, mas o que me deixou intrigada foi que ele parou na porta, com as chaves na mão, e de forma rápida olhou para trás, em minha direção. Será que ele tinha me visto antes de eu avistá-lo? Aquela mulher seria uma simples passante?

Continuei a descer as escadas da igreja, pernas trêmulas, coração apertado, e fiquei a imaginar como era, num Sábado de Aleluia, ressuscitar dos mortos.

MARTA

Para-brisa

Sou negra, sou forte, sou mulher. Mas somente isso não basta para viver nesse mundo tão cheio de artimanhas e desgraças. Para sobreviver, depois de gerar três meninas, numa escada escalar de que tenho e não tenho culpas, mas a coisa foi acontecendo, aconteceu e *pimba*, pari essas três criaturas, preciso me desdobrar.

Osvaldo, Rogério e Samuel surgiram do nada e de nada me valeram quando mais precisava, quando tudo aconteceu, no seu dia e tempo, em histórias semelhantes. Sexo, sexo, sexo e gravidez, gravidez, gravidez. Três acontecimentos, tudo ao seu tempo, e em nenhum momento pensei, mergulhei mais profundamente, com maior ou menor intensidade.

Nesses tempos sempre morei na casa que ainda estou, embora perseguida pelo dono que me cobra todo mês o aluguel, e quando dá e tenho que me submeter aos seus caprichos, dou para ele, cedo para ele, e os valores vão se volumando, a se empurrar com a barriga ou outra parte do meu corpo. Hoje não tenho ideia do tamanho da dívida, mas tenho os números dos encontros, das submissões, das posições diversas. A casa não valia o valor cobrado, enquanto eu sabia das minhas condições limitadas, e ela era valorizada como se fosse um palácio. E nesse palácio era rainha, e os meus reis vieram um a um ao meu gosto, embora um plebeu que se dizia dono, tomasse o lugar como se fosse entrar no céu à força. Não me sentia bem de me submeter aos caprichos sexuais por conta de falta de condições financeiras, quando leões teriam que ser abatidos cotidianamente. Era necessário dar um jeito nessas submissões: me revoltar, mostrar meu lado inteligente e tornar-me assexuada. Esse último item custou-me muito caro.

Osvaldo, dono de uma banca na feira mais concorrida do bairro, o conheci quando deixei, conscientemente, as goiabas sobre a banca, e ele me seguiu até em casa para me devolver a mercadoria. Acho que ele quis saber onde eu morava. Logo as tais goiabas nos aproximaram, nos ajustamos, fomos nos conhecendo, e ele veio aos poucos, sorrateiro, se aninhar na cama entre travesseiros e fronhas. Gostava de estar só, de viver sozinha, mas as condições me apertavam, e trabalhar nas casas das madames, semanalmente, não cobria as despesas. Osvaldo, com as frutas, ia me conquistando, e a cada encontro vinha uma diferente: maçã, pêssego, tangerina, não gostava muito de kiwi devido ao azedo, mas fui me acostumando, entre ele e a manga, morango, goiaba... dezenas delas. Eu, às vezes, me achava um passarinho, a bicar fruta a fruta. E entre essas guloseimas, outro fruto cresceu na minha barriga de uma forma tão estranha, a não saber o que era, nos primeiros meses, e de cara, abusei das frutas. Até hoje as desprezo, não devido às tempestades advindas do fruto, mas pelos cheiros, pelos sabores. E de quebra, pelo tal do homem que se rebelou quando me viu com o bucho pela goela. Deixou-me somente com as cascas e os caroços. Arribou-se até da feira, bateu asas e se foi. Abriu um buraco no chão e morreu. Eita que pari a Melissa, nome de filha de gente rica. Pelo menos no nome. Morena forte igual a mim, e quando me olhou pela primeira vez, já me disse assim: "Vamos lá, mãe, que agora cheguei para ficar." Sem o nome do pai no registro, mas com o meu em letras garrafais, deixei a menina engatinhar, se lambuzar no piso de tijolos, erguer-se e fincar pé.

Aí veio Rogério. Eu não queria, sabe, até porque Melissa existia para valer, e não queria arriscar. Mas as coisas andavam de mal a pior. Não abandonei as madames, e acertei com elas de levar a menina. Não podia deixá-la só em casa, e meus familiares moravam no fim do mundo, e não dava. Levava a menina escanchada, nos braços, na tipoia, tipo os índios, de todo jeito. Algumas madames aproveitavam, tomavam a criança nos braços, faziam gracinha, enquanto eu esfregava o chão. Ríamos todas, e a menina de olhos vivos nos olhava sem saber o que ocorria.

Rogério era baixinho, truncado, tipo aquele homem de puxar uma carroça sem sentir nem um pingo de cansaço. Mas não foi isso o que me chamou a atenção, e sim a voz dele. Se tinha musculatura, a voz era mansa. Juntada à voz, vi os olhos miúdos e os achei danados. O rapaz falava com os olhos, em silêncio quase absoluto. Com aquela atual situação, era o que eu desejava: um homem calmo, que me olhasse na mesma altura, sem ornamentações, sem tantos gracejos, sem presentes para impressionar, e o melhor, a simplicidade. Poderia juntar tudo para a felicidade, e o Rogério era a salvação para os meus dias sofridos. Nos amamos demais, tudo muito bom, tudo quase perfeito, a minha filha com seus cinco anos, já na escola, e Rogério muitas vezes a buscá-la, na sua moto que ora precisava pegar no empurrão, mas estava paga, era verdade. Vida suburbana sem muito alarde, passiva, embora aqui e ali amanhecia alguém morto nas esquinas, meninas estupradas, roubos, latrocínios. Passiva porque conseguíamos driblar as intempéries e fazíamos a política da boa vizinhança. Rogério costumava dizer: "Nega, vamos viver nossa vida de amores e suores, e o resto mataremos no peito, como os craques matam a bola para fazer o gol."

Futebol, jogo, dominó, carta, palito, bola de gude... o que for, Rogério estava dentro. Isso foi a derrota. Oh! Que não tem ninguém perfeito. Se pelo menos o sujeito assistisse a tudo como um fiel torcedor, tudo bem, mas tinha que apostar, e perder, sempre perder. A única coisa que prestou, depois de se revelar a loucura por jogo, foi ter-me engravidado. Outra criança, outra menina, e um dia o safado anoiteceu e não amanheceu, ou melhor, nem pisou mais lá em casa. Achou melhor pedir demissão. Algumas coisas ficaram, que, no caso, foram os dias de amores... diferentes por demais.

Nasceu a Maraisa. Menina dos olhos miúdos do pai, e calma, não chorava à toa. Pensei ter nascida morta. Morena igual a mim, de uma pele perfeita. Melissa tomou-a nos braços como se segurasse a boneca que nunca ganhou. Maraisa bem-vinda, e não me veio à cabeça o trabalho, e nem as madames. Levar as duas para o trabalho não tinha como. Uma creche ambulante, e por falar em creche, no bairro não havia. E o jeito foi Melissa tomar conta da irmã. E nesse diapasão, parte de mim ficava em casa e a outra se arrastava para o trabalho, pesada, sem vontade de ir, mas a necessidade falava mais alto, e assim eu ia. No trabalho, só a carcaça, a alma em casa, a lidar com as coisas, a proteger as crias.

A vizinhança, toda ela, sabia dos meus sacrifícios, dos casamentos arruinados, dos homens que "invadiram" minha vida. Uns vinham com preocupações, outros de longe me olhavam com olhos enviesados e com balbucios de comentários alheios e, certamente, contrários. Sobre essas observações, eu ia vivendo a minha vida conforme as situações, e a minha maior intriga, lamúria, atenção era com as minhas filhas... o resto vinha de bom grado ou mau grado ou de junção, ou qualquer coisa que a vida me presenteou.

Certo dia, depois que Maraisa completou cinco anos, e a primeira dez, surgiu o terceiro marido. Mas antes disso, aqui e ali surgia um aventureiro, pintassilgo ou beija-flor, a pairar no ar e a me beijar, me lambuzar, cantar melodias da época, presentear com guloseimas, mas não em domicílio, pelas ruas, praças desertas, subúrbios diversos. Até dentro de carros o amor tomou conta, em apertos onde os braços e pernas misturavam-se, como bicho do mar, polvo fora d'água. Mas como gente que bebe, fala besteiras, faz besteiras, e a ressaca vem a matar, tornar gente morta-viva, eu me sentia assim. Na hora, agonia de afagar, de me jogar nas águas do rio, em busca de peixes a pescá-los com os dentes, depois loucura, ressaca de arrependimento, e as filhas a povoarem a mente, o canto em que a luz acende, pisca que pisca, e a chamar a atenção, a dizer-me para não me prostituir, falatórios baixos, em sabores e cores cinzas, a alfinetarem: "mulher, cuida, sai dessa, procura alguém que te ame, que te valorize..."; outra: "Não se entregue assim, fácil...", "Facilidade demais pode se tornar uma pessoa vulgar".

Assim, entre o segundo e as aventuras de uma mulher negra, com sua pele reluzente, de queixo erguido, de não se dar por perdida, surgiu o terceiro e último homem da minha vida. Samuel era caso perdido, assim, de cara. Apresentou-se inteiro e não aos pedaços e jogou todas as cartas na mesa, como a dizer: "Sou o que sou e não tenho nada a esconder. Gosto de uma caninha, e qual o homem que não gosta? Também de um samba, de dançar. Venha comigo, e se não for, não ache ruim porque vou. Bebo o ano inteiro, e se não todos os dias, os finais de semana sagrados. Só tem um tempo que paro: agosto". Revelou-me de uma promessa, e não me lembro para qual santo. Também não me disse qual a promessa, até porque essas coisas não se revelam, e entendi perfeitamente. Agosto não dançava, não cantava, não bebia um gole sequer. Era o homem do trabalho para a casa. Um mês de sobriedade em que lavava os pratos, varria a casa, mesmo com as meninas em ajudá-lo, preocupado com tudo o que se movimentava, quando o assunto era compras, pagamentos, consertos. Pena que o mês, embora com um dia a mais, fosse curto, de passagem como chuva de verão.

Conheci Samuel no bar da esquina ao passar por lá, vindo das casas das madames. Bati o olho nele e ele nos meus e, certamente, no meu rebolado, nas passadas naturais. Isso durou uma semana de olho lá e cá. Em um sábado, ele desceu do banquinho, largou o copo e o balcão para me acompanhar. Veio com gracejos, mas sem arrodeios, sem palavras aos pedaços, sem promessas – "Gostei de ti, nega. Vamos nos entender?" A voz do criolo me invadiu o tímpano como melodia nunca ouvida. Não era um samba, nem marchinha de carnaval, nem música para boi dormir, mas melodia com todas as notas musicais.

À noite ele baixou lá em casa, vestido em roupas coloridas por completo, num fusca vermelho, e cheirando a perfume perfeito. Entramos, eu e as meninas, como se fosse em uma limusine para a viagem dos sonhos. Vi nos olhos das meninas brilhos nunca vistos. O dia passou rápido, como se estivéssemos montados num alazão. Rodamos até pelo centro da cidade, e quando chegamos num cruzamento, em que o semáforo fechou, a movimentação de carros, eis que surge um menino, talvez vindo de longe, com um pequeno rodo, com a intenção de limpar o para-brisa. Samuel não aceitou, quase o exortou, e o menino saiu desconfiado, contrafeito. As meninas viram a cena, encheram os olhos de lágrimas, e eu acompanhei toda a situação do moleque, e no íntimo não gostei da atitude de Samuel. Eu não sabia o que vinha pela frente, nunca me passou pela cabeça, mas a cena invadiu minha mente, fincou por vários dias, tornou-me mais sensível. Ela um dia voltaria, mas de outra forma, bem mais forte e presencial.

Samuel cumpria com todas as tarefas de um homem comum, embora especial na minha vida. Mas, e esse "mas" sempre surgia aqui e ali, no entanto, e sem querer ou pensar, vacilação, entrega total, fecundação do óvulo. Mônica nasceria em um tempo em que, teoricamente, as coisas estavam serenas, em especial as nossas vidas, o companheiro mais próximo, com o seu fusca em cima da calçada, e o seu para-brisa impecável, que ele mesmo limpava. Enquanto a barriga se formava, apesar de altos e baixos, Samuel não se afastava, mesmo com as suas cachaças, o seu fusca envenenado, o sorriso largo. Porém, um dia, voltando com aquele barrigão da casa de uma das madames, que, por sinal, o dia todo me olhou com os olhos enviesados, de longe vi o fusca. Sobre a madame com os olhos enviesados, deveria ser por causa da barriga, de mais um filho no mundo, de um terceiro pai, do futuro afastamento pelo repouso da maternidade. Hoje não se tem tantos filhos assim, e ainda mais oriundos do útero, onde lá dentro poderia ser a melhor gruta que a mulher carrega, mas aqui fora parir três não é fácil.

Antes de ver o fusca, desci primeiro do ônibus com todo o peso, as pernas a se papocar de inchaço, as mãos grossas iguais de quem trabalha na roça, o rosto redondo como boneca dorminhoca, e os cabelos a caírem num passar de escova. Os peitos, ao andar, tomavam minha respiração, chegavam antes de mim, chamavam a atenção. Notei Samuel se afastar um pouco de mim, talvez pela delicadeza dos meus exageros, o que achei normal. Mas não achei normal o fusca estar ali, por volta das seis da noite, quando o crepúsculo ardia escarlate, como se a barra do céu ardesse em brasa viva. Mas o que iria arder demais seriam meus olhos e minha alma. Metade em cima da calçada, atrás do acúmulo de areia deixada pelos resíduos da construção, o fusca tentava se esconder. Parei na esquina, cansada das pernadas, e senti as palpitações do coração, e me vieram à mente puras besteiras. Elas foram comigo, devagar, a cada pernada, sem atropelos, semelhante a uma pantera, serena, mas de ventas afogueadas, pernas medidas, olhos sem piscar, sem ruídos de pedras soltas, e sempre, mente povoada, nervos aos poucos a se esfrangalhar, e uma certeza chata, buliçosa, traquina a alfinetar tudo em cima e dentro de mim. Quem estivesse dentro do carro – eu não tinha certeza – não poderia me ver porque o ângulo era pela traseira do fusca, embora o retrovisor me denunciasse. A pantera a pisar plumas, sem ruído sobre sobras de construção, preferiu dar a volta pelo lado do passageiro. A fera escolhe primeiro a caça mais frágil. Na lógica, dominaria esta primeiro com as suas afiadas presas na jugular, imobilizaria de tal forma a deixá-la inerte e a agonizar, para depois partir para a mais forte. De passos leves, imitei a pantera. Na porta do passageiro, mesmo com vidro fumê, enxerguei a silhueta da branquela, agarrada no pescoço de Samuel. Pensei em abrir a porta, de uma vez, e arrastar pelos cabelos aquela vítima dos dias perdidos, presa ao pescoço do seu suposto herói. Mas não valeria a pena tal esforço e ignorância. Não sabia como ela chegou até ali, se foi raptada, enganada, surrupiada de outro ou veio por querer, com o dedo polegar a pedir carona por necessidade, ou por se aventurar... Não sei e nem queria saber por ela ou pelo novo herói, mas uma coisa era certa: ela não entrou de arma em punho. Houve consenso, e eu, sem nenhum meio de diálogo, sem ser ouvida ou consultada, resolvi falar ou chamar a atenção.

Apresentei-me na frente do fusca, e ante o olhar estupefato do amante de ruas, da branquela sem entender aquela negra robusta, de barrigão, de peitos arfantes e enormes, com uma pedra na mão e sem sorrisos ou raiva nos olhos e lábios, soltaram-se rapidamente. Antes que imaginassem sair do carro para uma conversa, ou para fugir, a pedra lançada teve um destino certo: o para-brisa. Nem quando criança ou moleca ou mocinha ou o tempo qualquer, sabia das minhas forças. Ou teria sido o momento, o ódio contido, o lado animal – pantera – mais escondido dentro de mim? Nunca, em tempos depois, quis saber.

O para-brisa aos estilhaços, as caras embasbacadas, os nervos de ambos aos frangalhos ficaram na minha mente por muito tempo. Voltei no outro pé com calma, sem nenhuma anormalidade, e andei em passos lentos. Talvez alguma coisa bolinava na mente, a mais fina esperança de alguém vir ao meu encalço. Mas logo se dissipou quando virei a esquina, e a esquina e o para-brisa tornaram-se os marcos na minha vida a partir daquele dia.

MADALENA DO ESPÍRITO SANTO

O desconhecido

Antes de o meu marido morrer, o meu pai nos atormentou com a cobrança constante sobre um neto. Morávamos em uma casa afastada do povoado num pé de serra. No povoado todos se conheciam, e nada de mais estranho ocorria há muito tempo.

Um ano antes de tudo isso, meu esposo, de volta do povoado, em um dia de sol escaldante, deixou-se amofinar no catre. Depois do almoço, como costumava fazer, dormiu profundo, embora antes a murmurar por uma dor que nascia no estômago e subia para o peito a deixá-lo sem ação e vontade de trabalhar.

O povoado logo soube da súbita notícia de que Evandro não sentia as pernas e nem os braços, o que foi um exagero. Mas isso de doença e dores vertiginais foi um susto e uma alegria para todos do lugar: em cinco dias, ele se restabeleceu.

Tínhamos seis meses de casados e nem um rebento vingou, talvez por conta dos santos ou de outras coisas que não sabíamos o que era.

O tempo não andava e os dias eram lentos. Para ser otimista, e sem cobrança para mim e meu esposo, achei espaço para cuidar do quarto da futura criança que um dia poderia vir. Meu esposo achou estranho, mas não quis ser contra, embora sentisse a responsabilidade de ser fértil como macho reprodutor de uma prole imaginária. Ele se sentia constrangido todas as vezes quando o sogro pisava à soleira da porta. Fazia tudo para não olhar nos olhos do meu pai porque ele sempre trazia cobrança desconfiada. Quando nos visitava, chegava, falava pouco, olhava muito. Balbuciava meia dúzia de palavras salivadas e por trás delas corria a casa toda à procura do que não perdeu. Parava muitas vezes na porta do cubículo, onde poderia ser o quarto do neto, e nada falava, estátua sem vida e sem brilho.

Quando, enfim, saía, jogava poucas palavras mágicas e sem graça:

— Quero um neto!

Deixava-nos embasbacados e sem ações. Quantas vezes corríamos a travar a porta, íamos para o quarto e tratávamos de assuntos futuros: ajudar os santos para que uma criança nascesse o mais breve possível. Mas nada acontecia.

Algo ocorreu de estranho depois da última visita do meu pai. Ele demorou muito nas visitas e até de longe não se ouvia falar dele e nem nós íamos visitá-lo. Evitávamos aborrecimentos e cobranças incabíveis. Mas meu pai nunca dormia e nem deixava nada barato. Paralelo a isso, nos arrefecemos nos amores, esquecemos dos nossos prazeres e deveres de germinarmos sementes um no outro.

No desapego dos braços, o tempo correu a revirar paragens com sol e poucas chuvas por aquelas bandas cinzentas. Foi época de seca e de calor angustiante.

Meses depois, alguém bateu à porta. Encontrava-me sozinha em casa, e no arrastar das minhas sandálias, e ao tocar na maçaneta, estremeci, arrepiei-me, algo mais forte — que não sabia dizer o quê — pairou no ar. Abri a porta devagar, com certo receio. Antes sabia ser pessoa de fora, porque do povoado não era: o hábito era gritar pelo meu nome, revelando-se pela voz. Por isso a ansiedade em querer saber quem estava na soleira.

Era um homem alto, magro, de barbas ralas e olhos côncavos. Nunca o vi pelo povoado e, intimamente, sabia não ser parente de qualquer um que nele vivia. Ele sorriu suave a mostrar, de leve, a alvura dos dentes, e antes de falar e abrir a boca de vez, meus olhos penetraram por ela como se quisessem descobrir a alma através da escuridão daquela caverna do visitante inesperado.

— Sou a sua salvação por esse tempo tão difícil. — falava com palavras medidas, suave e sem nervosismo. Quem ficou nervosa fui eu e não entendia o porquê da visita e do objetivo. — Não tema, mulher, porque lhe trago alívio para a sua dor.

E agora parecia querer adivinhar meus pensamentos.

— Mas não sinto dor nenhuma. — não sabia ao certo o que falar.

Ele — o desconhecido —, mergulhado na mais tenra calma, sem tirar os olhos dos meus olhos, abriu a Bíblia cadenciado, com os seus dedos longos, e com a ponta da língua, pronunciou:

"Vinde a mim, todos os que estais cansados e sobrecarregados, e eu vos aliviarei. Tomai sobre vós meu jugo e aprendei de mim, porque sou manso e humilde de coração; e encontrareis descanso para vossa alma. Porque o meu jugo é suave, e o meu fardo é leve". Mateus, 11. 28-30.

Ouvi as palavras do desconhecido e achei por bem convidá-lo para entrar. Mas, para a minha surpresa, ele não aceitou. Disse que voltaria em breve quando o meu marido estivesse em casa. Fiquei nervosa, embora de leve, e quis perguntar como ele sabia que meu esposo não estava em casa. Povoado pequeno, que todos sabem da vida de todos.

Ele foi embora com passos lentos e sem olhar para trás.

Naquela noite, e após ter contado tudo ao meu marido – ele sem dar a mínima importância ao fato –, demorei muito a dormir. Não me remexi muito no catre para não despertar meu companheiro, e de olhos presos no telhado, estremecia-me de medo. Durante parte da madrugada, ouvi o uivo do vento forte sempre a passar por aquelas bandas no mês de setembro. Vi, mergulhada no medo, os olhos côncavos do desconhecido e aquela boca e a língua a sair e entrar e se fechar nas palavras pronunciadas. As palavras que eu não entendia, os gestos que me envolviam, o cheiro doce dele tangido pelo vento às minhas narinas. De repente, passou pela minha mente a vontade de rever o sujeito, ao mesmo tempo que o afugentava veemente dos meus pensamentos. O desconhecido não me deixava dormir, nem pensar noutra coisa, enquanto meu marido ao meu lado ressonava profundo. Não sei quantas noites ele me veio visitar nos sonhos.

Quinze dias depois, ele voltou, como quem vem do nada, porque ninguém do povoado soube dizer de onde ele era e para onde ia de volta. Também em outras casas não fora fazer visitas por igual. Por outro lado, a estranheza do homem não foi suficiente para que eu fechasse a porta quando da sua segunda visita. Era hora da sesta e o meu marido dormia a sono solto, devido ao almoço pesado e ao cansaço da manhã.

Quando abri a porta à passagem do desconhecido, não tinha tanta certeza do que estava fazendo, naufragada num mar de assombros e curiosidades. Pensei em pagar para ver, embora soubesse que não tinha uma moeda, somente a cara e a coragem.

Já dentro de casa, o homem observava tudo em volta em curiosidade medida. Vi que ele trazia a Bíblia e vestia-se com a mesma roupa da primeira vez. Trazia no corpo e no hálito perfume adocicado a inebriar meus sentidos, embora houvesse um espaço considerável entre nós.

Eu lembro de estar vestida num vestido florado, leve devido ao forte calor. Ofereci ao visitante o assento na cadeira de madeira próxima à mesa de jantar. Ele aceitou com um breve sorriso, e na medida do tempo entre colocar-se sob a mesa a sentar-se de todo, consegui reparar melhor nos detalhes do desconhecido: na face, escanhoados barba e bigode; dedos longos e palmas das mãos aparentemente macias, semelhantes a alguém que nunca trabalhou no campo; esguio e de roupas simples, de cores pretas; lábios grossos. Calçava sandálias de couro. Quando falou, a voz tinha o mesmo tom de antes, em sons penetrantes aos ouvidos alheios. Os gestos das mãos leves a desenharem as intenções e, também, a chamar as atenções para si.

Acordar o marido era o ato lógico e imediato para me sentir segura, porém, antes de tentar dar um passo para tanto, o sujeito adivinhou as minhas intenções:

— Deixe-o dormir mais um pouco. Ele deve se sentir bem melhor quando acordar.

Recuei sem entender, e senti o início do medo por aquele estranho.

— O que eu tenho para lhe dizer agora, em primeiro lugar, será somente a você.

— Não há sentido sem ele. — balbuciei em busca de coragem.

— Mas haverá sentido com ele também na hora certa e será daqui a pouco quando ele acordar.

— O que será então?

— Um filho! Vocês terão um filho. — senti que ele esperou pela minha reação. E ela foi forte quando empalideci, fiquei tonta. Olhei para ele, não soube reagir àquela notícia, e antes de responder, ele falou:

— Não vai me perguntar como será?

— É necessário perguntar? Tem outra forma? — achei por bem responder em tom de escárnio e com o pensamento voltado para pedir ao sujeito para se retirar. Não precisava de ninguém a me dizer o que fazer. Bastavam as cobranças do meu pai dia e noite. Já não aguentava mais, e o pior, todo o povoado sabia da minha ou nossa infertilidade e muitos a olhavam com olhos enviesados.

E antes que eu balbuciasse qualquer coisa, tomou a Bíblia, abriu-a em páginas — acredito — já antes marcadas e leu sobre a passagem de um certo Anjo. Quando terminou, disse:

— Seu esposo José dorme o sono dos justos. Quando acordar, sentirá alívio e a senhora vai se sentir feliz.

— O nome dele não é José.

Ele sorriu ante minha afirmativa, e eu ataquei:

— Não acredito nas suas palavras!

— Pode me conceder um copo com água? Aliás, dois: um para você também.

— Mas não estou com sede!

— Não é para saciar a sede, e sim para começarmos as nossas orações. Porque a água é vida.

Sem entender de todo o que se passava, das leituras do livro, fui buscar na quartinha os dois copos com água. Postos os copos em cima da mesa, o homem me pediu para chegar-me mais e disse:

— Vamos beber à vida!

Olhei em direção ao quarto onde estava o meu marido, praticamente morto pelo sono, e com a temeridade de que ele acordasse e se deparasse com aquele estranho à mesa de jantar, coloquei-me mais próxima dele a me tremer toda. Mesmo o meu esposo sabendo que esse homem existia, acordar de vez e ver o quadro poderia resultar desastrosa reação.

— Não seria melhor acordar o meu esposo? — perguntei nervosa e prestes a ir acordar o marido.

— Quebraria a oração, e a água, depois de tirada de onde estava, perderá o poder da cura.

Logo me veio à memória um dia em que meu pai chegou da caçada e pediu para não tocarem no veado antes que a carne, já rasgada da pele, descansasse por uma noite. Nunca entendi tal crendice, mas as coisas aconteciam assim. Agora vinha aquelou-tro a falar de água, de deixá-la descansar. Seria invencionice de alguém sem juízo perfeito?

Dei um crédito ao sujeito em chegar mais perto, ainda com receio de meu esposo acordar.

— Só para te lembrar que serão três sessões nesse mesmo ritmo. E vocês só farão amor depois da terceira sessão. Isso para dar tempo e o efeito necessários para que a semente germine.

— Quanto tempo durarão essas sessões?

— Três semanas perfeitas. Na quarta vocês poderão se deleitar, que a criança tomará forma.

Sorri, tímida e ainda desconfiada, ainda que pouco revigorada. Só não estava gostando do marido a dormir. Ele não era de dormir tanto. Mas se era para o nosso bem, valeria a pena tudo aquilo.

— Feche os olhos. — disse o desconhecido a colocar suavemente a palma da mão direita sobre os meus olhos. Enquanto a mão permanecia nos meus olhos, entoava baixinho um canto triste, suave e salpicado de palavras a reverenciarem o Senhor todo-poderoso. Foi tudo de forma a me deixar encorajada e a entregar meu corpo e alma àquela sessão quase hipnótica.

Tirou a mão dos meus olhos logo do término do canto triste e puxado e disse:

— Agora beba da água. Não é necessário beber tudo, mas se quiser será melhor. Vou beber a minha para que a sessão tenha o seu efeito completo.

Relutei um pouco, e sem nervosismo e aflição, e ao pegar o copo, bebi da água por completo, e tão logo senti-me em paz.

***

Acordei estonteada e sem saber ao certo onde me encontrava. Aos poucos os sentidos foram se restabelecendo ao mesmo tempo que ouvia, ao longe, vozes de despedidas e via, enuviada, imagem de alguém apertando a minha mão e a beijá-la educadamente. Ouvi instantes depois a porta da frente ser fechada e desaparecer por ela o vulto. Vi-me sentada na cadeira, aparentemente sem nenhuma anormalidade, mas intrigada com a tontura. Não sentia nenhuma dor, embora um incômodo se apresentasse no ventre.

Ergui-me logo da melhora e demorei a rever na memória os últimos acontecimentos. O desconhecido a me dar um copo com água e a dizer ser a vida a soprar. Também lembrei de que precisava tomar três vezes o líquido, sob bênçãos, mas sem ter que me relacionar com o marido. Essa parte precisava ter coragem para repassar ao esposo e acharia difícil ele aceitar o desafio.

Ele ainda dormia e achei estranho o tempo de repouso. Por outro lado, a ideia de tempo decorrido entre a chegada da visita até aquele momento fugiu-me das ideias. Tratei de trazer de volta o marido e enquanto ele resmungava nos preâmbulos das aberturas dos olhos, precisei banhar-me. No banheiro lá fora, vi partes do meu corpo, e entre as coxas, manchas vermelhas. Antes de o pensamento mergulhar nas supostas possibilidades dos acontecimentos, e por entranho a me parecer, a dormência dos sentidos me deixou leve e a flutuar. Não sabia exatamente o que era. A sensação era de leve prazer, dormência de atitudes, pensamentos em devaneios. As batidas do coração aceleradas e o sentimento de repulsa, de atração, de medo. Não sabia mais de nada. Banhei-me na esperança de limpar o corpo, a alma e a mente.

Passei muito tempo com a sensação de não ter conseguido limpar-me e nem fugir dos pensamentos mais fúteis.

As vindas do desconhecido aconteceram sem anúncios. As outras duas vezes, conforme prometido, nos mesmos moldes, me envolveram enquanto o marido dormia.

Entre a primeira e a segunda, meu marido já sabia da boa nova, mesmo desconfiado de um suposto embuste, me deixou à vontade porque em mim confiava. Ainda havia a imagem do meu pai, mesmo longe, a açoitar nas cobranças de ter um neto.

Na terceira vez, o meu marido não acordou mais.

***

A morte do meu marido me aterrorizou. Por vários motivos chorei: por ele ter me deixado abandonada; por não saber da razão da sua morte, e por fim, por sentir-me culpada.

Uma semana depois do sepultamento, meu pai veio me visitar.

— Não quer ir morar lá em casa?

— Adquiri o hábito de viver aqui.

— Vai viver assim por quanto tempo?

— Deus dará um jeito. Ele dá jeito em tudo.

— Eu também posso dar.

— Do seu ou do meu?

— Não importa.

Essa conversa não se esticou, e meu pai atacou por outro lado:

— Soube de um sujeito que fez algumas visitas à sua casa.

— Que sujeito? – fiz-me de desentendida.

— Um estranho... soube que ninguém o conhecia no povoado.

— Como soube que esse sujeito esteve aqui?

— O povoado tem muitos olhos.

— À toa.

— O que esse sujeito queria?

— Apenas ler partes da Bíblia.

— Só isso?

— Só isso.

— Estranho... ler a Bíblia?

— Também achei. Mas foi bom porque aprendi alguma coisa.

— Aprendeu? O quê?

— Quem com o ferro fere, com ele será ferido.

Meu pai não entendeu de todo.

— O que você entende com isso? — perguntou meu pai.

— Achei bonito, mas não entendi bem o significado.

— Só aprendeu isso?

— Outras coisas, mas não me lembro bem.

— Quantas vezes ele esteve aqui?

— Três.

— E o seu marido?

— Dormia!

Meu pai olhou-me de cima a baixo, confuso. Por instantes, não conseguiu falar nada, nem comentou. Pisoteou o piso morto da sala. Jogou o olhar pela janela aberta, confundiu que pássaro pousou no peitoril e não se admirou do gato do vizinho errar o desejo do alimento.

— Nesses três dias?

— Partes deles.

Meu pai achou por bem não se envolver mais por aquele instante.

Quando me vi sozinha, não soube mais o que fazer. Meu pai trouxe a imagem onisciente daquele desconhecido de maneira abrupta. O desconhecido nunca me saiu da cabeça de várias formas, principalmente aquele olhar penetrante. Nada no mundo era mais alucinógeno do que a forma do olhar daquele homem. Não sabia exatamente o que era, ou fingia não saber, ou não queria me aprofundar nisso. Mas, decerto, havia algo mais profundo a mexer com meu juízo. A ausência dele, apesar da morte do marido, deixava-me confusa e sem rumo. Chorei a morte do marido, é verdade. Chorei da minha maneira. Chorei moderada, apesar da dor. Mas entre um choro e outro, o sujeito surgia em várias formas. Surgia de olhos faiscantes; lábios de quem sabe o que dizer; lábios de quem parece soprar o frio e o quente nos momentos certos.

Homem de Deus ou do demônio a extrair-me lascivos ais sem sequer perceber como e de que forma. Depois de tudo o que se sucedeu, deixei-me naufragar em pensamentos e indagações: por que deixei aquele sujeito dos seiscentos mil diabos entrar na minha casa? Notei tempos depois que o Livro Sagrado tinha mistérios e dons de me fugir os sentidos e de não saber das minhas faculdades mentais. Lembrei que sentia, nos momentos após a sessão, um gosto bom, especial, ao mesmo tempo pegajoso e nojento.

Antes da terceira e última sessão, após meu marido despertar, queria-o vivo, porém distante. Lutava para senti-lo e não conseguia sensibilizar-me. E quando a morte chegou, sem saber ao certo, dormitava na minha consciência a possibilidade de a morte ter ligações diretas com aquelas sessões.

Mais estranho do que a morte do meu esposo foi quando, três meses depois, durante uma visita do meu pai — sem a cobrança de um neto —, ao vê-lo pisar a soleira da porta, algo mexeu na minha barriga de tal forma a me fazer jurar ter sido o alimento da noite anterior que me fez enjoar, e aos pés do meu pai, jogar toda a comida fora.

ANNA

O rapaz

Faltavam dez minutos para as 17 horas, o banco estava vazio, apesar de tanta gente transitar pelo lugar; não precisei correr para sentar nele, mesmo cansada pelas inúmeras voltas pelo lugar e o vazio do banco era a salvação; então vi que o banco era curto e dividido em duas partes; uma de costas para a outra, e esse detalhe parecia simples e o era para muita gente e para mim também, a questão estava no vazio dele e em pouco tempo, ali, com um livro há pouco comprado, o rapaz sentar-se ao lado, e não o olhei, mas o vi o necessário pelo canto do olho esquerdo e vi os pés calçados em sandálias de dedo, as unhas bem feitas e há tempo ajustadas de uma base suave, para serem notadas por uma mulher de olhos amplos; consegui erguer o olho sem me virar e percebi a parte do short que cobria a coxa direita, era de estampa em cor esverdeada e de tons também suaves, e nesse momento os olhos nas páginas do livro não entendiam o emaranhado de letras e suas mensagens, sequer o conteúdo quando prometi iniciar a lê-lo ali mesmo antes de ir para casa ou para outro lugar silencioso, mas não passei da primeira página, o rapaz ao lado não deixava, além da respiração ofegante misturada à minha, e o perfume, e o meu num espaço único, confundível, porque o meu já gasto, além de um pensamento a me assoberbar do porquê de aquele rapaz sentar-se ao meu lado quando o banco estava de todo vazio; não sabia a razão, e se soubesse não me interessava porque ele estava ali pela força dos deuses, de forte impulso do acaso; no local muita gente passava, ninguém sentava no restante do vazio, porque talvez aqueles deuses não quisessem, nem eu ou ele, não sei; só sei que desajeitada me encontrava com ânsias de voltar o olhar e os dois olhos vislumbrassem e não só aquele canto do olho esquerdo já cansado e sem mais a vasculhar qualquer que seja parte naquela altura; então o livro sacudido pelas minhas mãos era somente pretexto para se ter para onde olhar, distrair-me o mais que pudesse, sem precisar olhar para a esquerda e me deparar com um Apolo ou um homem comum e de aspectos, talvez, de gente simples e desprovido de ousadia por estar ali a sentar-se ao meu lado, não sei por quê, se era para apenas por descanso, por impulso, sem pensamento, ou por querer companhia, simples demais para se sentar em local público, sem a se aperceber que ali ao lado havia uma mulher repleta de pensamentos e quase à deriva por ter ao lado um deus de que não se sabe de onde veio e nem para onde vai, a estar ali, agora a buscar celular no bolso do short; certamente iria ligar para a namorada, a amante, o irmão ou o amigo para assuntos diversos, se para a namorada o convite para o passeio, se para a amante o encontro dali para outro lugar, se para o irmão a saber como estão os pais, se para o amigo o convite para a cerveja estupidamente gelada, por estar sozinho, ao lado de uma desconhecida a olhar de rabo de olho, desconfiada e nervosa, com ares de aflita e a se fazer em ler um livro, mas não lia porque ele não deixava, nervos que estava e não tinha coragem para olhar para ele nem se fosse para apenas enxergá-lo de relance, rápido como o pensamento; mas ele não ligou para ninguém, apenas manipulava o aparelho nas redes sociais, a passar rapidamente as fotos, as mensagens, sem se deter em nenhum tipo de foto; coincidência ou não, o celular assemelhava-se ao meu livro sem serventia para o que foi feito, em ambas as partes com suas peculiaridades, mas sem objetivo; o relógio no meu pulso esquerdo mais próximo do corpo do rapaz seria a forma precisa e de soslaio a vislumbrar melhor o sujeito, mas precisava ter cuidado em gesto suave porque o brusco poderia chamar a atenção, por despertá-lo de que havia alguém ao seu lado, e era uma mulher, cheia de ânsias, de cansaço, ofegante e de suores presos, sem saber o que fazer e pensar, porque pensar era a única forma de existir, pelo menos ali ao lado de um desconhecido, de não se sabe de onde e para que veio, ali ao seu lado em um banco há pouco vazio; por isso ver as horas era preciso como nunca, embora os ponteiros não me interessassem, nem o relógio, nem as horas, os minutos; erguer o braço na altura nos meus olhos seria um gesto suave para que ele pensasse que assim seria, sem mais nem menos, com o objetivo das horas, de se saber do tempo, só isso; mas pensei melhor, e olhar as horas naquela altura poderia deixar no ar a ideia de pressa, de compromisso, e eu não tinha compromisso, porque o compromisso seria somente o livro, e o livro para mim não importava mais... bolas para o livro, bolas para o tempo; o relógio era necessário, sim, para ver as horas, para quem sabe, e na altura certa ver o perfil, talvez o rosto do rapaz, do homem a estar ao meu lado tão perto, porque o banco era curto, o espaço entre nós era curto, o perfume misturado e a respiração também; não dava mais para esperar, com horas ou sem horas, pretextos ou quereres reais, era preciso olhar de cara; mas antes da tomada de decisão, de mexer-me no banco com a intenção de virar-me, por desculpas quaisquer, o rapaz se mexeu; cruzou a perna direita sobre a esquerda ao modo masculino, repousou as mãos sobre a coxa e parte do joelho para olhar melhor o celular; o olho esquerdo apenas via esses detalhes, mas não percebia claramente o perfil do rapaz; recolhi o braço e o relógio e desisti; por um tempo diminuto não quis mais olhar e fiz menção de levantar-me e ir embora, sair daquele embaraço, bater pernas por aí com o livro na mão e uma ideia na cabeça: escolher melhor o local certo para sentar e não sonhar demais; pensei, pensei tanto, e nada fiz e fiquei, à espera de uma chance, e quem sabe balbuciar um "oi" tímido e sem outras intenções para acabar de vez com o sofrimento, embora essa atitude não se cabe à mulher, nesse mundo machista, mas bolas para esse mundo de machos escrotos; não fiz nada disso, até por enquanto compenetrado em mim num todo desvairado, arraigado neste banco como se fosse meu, quão meu de há muito e com a vontade louca de chamar o rapaz para uma dança naquele salão de piso espelhado, sem a música do momento, fechado aos olhos dos passantes, do passado esporeado pelos homens da minha vida, do tanto de sofrimento, dos azares das relações, dos azedumes das convivências e dos dissabores das noites mal vividas; a dança seria a liberdade, a libertação dos anos vividos, das tormentas pelo corpo e alma, das jornadas desenfreadas e de mau gosto por tudo; o rapaz e a dança, e os braços, e o ombro e as coxas seriam outros tempos, outro mundo, outros lugares, outras paragens; seria o futuro no presente de mãos dadas, de lábios entreabertos, dos espantos dos olhares pegos de surpresas, dos tatos suaves em rodopios pelo salão numa simples dança; dançaríamos por um tempo não determinado, por todos os lugares, atropelando os demais, a revelar os nossos sorrisos, o esvoaçar dos cabelos, o espalmar das mãos, os passos bem articulados e os suores pelos dorsos; logo cansei de tanto rodopiar sem erguer-me do banco e sem olhar para o lado; o rapaz ainda estava lá com o celular na mão e agora o devolvia ao bolso, igualava os joelhos em gestos bruscos, como se sentisse nervoso a deixar as pernas soltas, sem cerimônia, de pernas abertas, mas de forma a não encostar na minha, e se o fizesse como seria a minha reação, talvez gostasse talvez não ou teria que recolhê-la, não era prudente deixar lá, estaria a demonstrar liberdade, porta aberta, mas isso era mergulhar no mundo dos homens, de infiltrar-se no campo machista; recolhi a perna o máximo que pude, e pensei se caso ocorresse o contato, teria que ser o mais natural possível; em dado momento, por cansar-me de imaginar ou de fingir olhar, joguei as pernas ao longo na intenção de respaldar-me no encosto do banco, sem o contato, e fechei os olhos; nesse gesto descuidado, o livro tombou de lado entre nós dois e revelou ao rapaz, certamente curioso, o título: "Um copo de cólera"; senti algo no meu ombro como alguém a roçar-me, e abri os olhos lentos, mas apavorados, e vi o dorso do rapaz a abaixar-se para buscar o livro tombado depois no chão; antes de me entregar, realmente leu o título, e na volta do corpo, numa lentidão apurada, olhou para mim, com os olhos brilhosos e de tons castanhos, sorriu como quem já houvesse lido o livro, e numa voz branda e jovial, disse: "título interessante"; ajeitei-me no banco e ali vi a deixa de iniciar um diálogo, conhecer aquele rapaz depois de ver seus olhos tão de perto, dos lábios suavemente gretados, de cabelos castanhos curtos, de camisa branca a lhe cair bem, de um corpo jovial; era a deixa para cavalgarmos em assuntos do livro, de nos conhecermos aos poucos, para depois ser convidada a erguermos e andarmos pelo lugar, de irmos, quem sabe, ao cinema, comermos pipoca, tomarmos um sorvete, jogarmos sorrisos à toa, sabermos um do outro, do passado e aventurarmo-nos no futuro, tudo isso numa tarde com cuidados pela noite; mas isso foi tão forte, com a mão do rapaz estirada para me entregar o livro, um livro abençoado, comprado há pouco, pego na prateleira por saber do título; aquele instante a me parecer um ano e ao mesmo tempo segundos, a querer a se perpetuar por tanto tempo, para sentir os olhos, o aroma da boca, o calor tênue do seu corpo, mas não; ele entregou-me o livro como qualquer objeto e simplesmente ergueu-se e sem se despedir, sem dizer um simples adeus, sem saborear o tempo em que vivemos ali juntos, da dança, do sorvete, das pipocas, foi embora; olhei o relógio, agora de braço livre e leve e vi cravarem os ponteiros as dezessete horas.

ANTÔNIA

Toma que o filho é teu

Diziam por aí, e foram fontes fidedignas e sinceras, de que eu, Antônia, era mulher sem-vergonha, apesar de trabalhadora, dona de casa perfeita. Ouvi falar desses adjetivos fortes e não fui atrás das verdades, porque eu me via, em parte, assim mesmo. Tirando a sem-vergonha, o resto estava certo. Comentavam assim devido ao meu jeito de ser, de não temer em amar, em me doar. Não que eu brincasse com os sentimentos alheios, mas porque nunca me passou pela cabeça em ter um relacionamento sério. Na verdade, nunca quis me casar, embora existissem inúmeros pretendentes inebriados de tantas pretensões.

Vivia a minha humilde vida entre braços, pernas e coxas e cerveja. Nada demais para uma mulher livre, desimpedida. Mas, como as necessidades tomavam outros rumos, a vida se engalfinhava na luta pela sobrevivência, não consegui me segurar tanto na solidão da casa, dos amantes e da multidão de fãs. Mas, entre tantos pretendentes, vi que o momento era aquele, quando do surgimento de Jerônimo. Achei-o, à primeira vista, o homem certo: corpulento, de olhos graúdos, de grossos bigodes, de rudes maneiras. Soube que ele já tinha matado uns quatro por não ir com as caras dos sujeitos. Por isso sua fama era de homem bravio, de pavio curto, de cenho fechado, macho temível pelas redondezas. Poucos se atreviam a encará-lo; a tirar dez minutos de prosa, a tê-lo como companhia no boteco, em rodadas de cerveja. Somente um se dava bem com ele: Jurandir. Totalmente a antítese de Jerônimo. Igualdade só no J. Jurandir, corpo franzino, calmo, de olhar perdido, de cabelos escassos, óculos de grau. Simplesmente Jurandir, sem atributos nenhuns, um "Zé Ninguém". Só tinha um detalhe que poucos sabiam, inclusive o próprio homem desprezível: era um senhor amante, um galanteador, um Don Juan.

Independentemente desses detalhes, as minhas entranhas reviraram-se quando do primeiro beijo dado por Jerônimo. Repentinamente, foi como se os outros, que de tanto dado e recebido, nunca existissem, não tivessem seu efeito. De início tímido, apesar das experiências, para depois ousados, chupados, ecoados. A paixão estava declarada, talvez o amor batido na minha porta, vagaroso, mas constante. Sentia-me feliz. Mas o que havia dentro de mim? Por que as coisas sempre mudavam? Hoje bem, amanhã diferente, outro jeito, outros pensamentos. Não conseguia me fixar, era como houvesse duas Antônias: uma com sentimentos firmes, fixos, centrados, unilaterais; outra sem nexo, volúvel, instável.

Nisso, qual vento, qual brisa leve, qual papel no ar, senão passageiro tudo isso. As intempéries vieram, o amor arrefeceu-se, mas não larguei o meu homem e jamais daria espaço para ele me largar. O amor carnal sempre porque eu não era de ferro, porque carne existia, nervos também. Mas uma fenda se abriu, assim, sem mais nem menos, igual pedra que se trinca, e nelas nascem flores. Outro veio, é bem verdade. Antigo e como ladrão: em surdina, sorrateiro. Preencher espaço, outro vazio, um deslize, uma fenda no entrechoque entre mim e meu querido. Ninguém mais do que Jurandir, o franzino, a antítese, o Don Juan vivaz, o único a não temer o temível, o robusto, o rude. Logo ele, com o qual Jerônimo simpatizava, e o recebia com frequência em minha casa. Tomávamos cerveja no mesmo copo, proseávamos mais do que dez minutos.

Sim, eu, Antônia, uma ou outra, estava perdidamente apaixonada, mas sem saber qual delas. Entreguei-me às quatro coxas, aos diferentes falos, aos gozos tantos, aos encontros intercalados. Articulei bem, sem ansiedades, com juízo, para que não houvesse desconfiança, o mundo não desabasse e as noites não se tornassem mal dormidas. Houve tempo, quando sozinha, fiquei a pensar nesses encontros, nos dois amores, no que diziam de mim. Um lado meu aflorava medo; outro era corajoso, destemido, sem tanto tempo para parar e pensar. A vida pedia agilidade. Porém, sem esses detalhes de dualidade, eu sabia das características do lugarejo: pequeno com as suas más línguas de sempre. Logo desconfiaram. Chegaram aos ouvidos do traído, mesmo sem tanta prosa, o medo nos olhos e nas línguas, mas disseram, contaram tudo, armaram o circo. Mesmo receosos, alguém com mais coragem ou querendo com isso aproximar-se do terrível, esmiuçaram detalhes de quando Jurandir entrava e saía da minha casa nas horas mais impróprias. Queriam ver sangue, entrevero. A vizinha soube desses detalhes, mas não me contou quem, por uma questão de ética – segundo ela. Mas, qual não foi a decepção de muitos, pois nada disso aconteceu, assim, tão de imediato. Esperaram pelo arremate do ditado: "a vingança é um prato que se come frio."

Para minha sorte e do outro, o tempo passou. Certo dia, quando estávamos em casa, em clima de pós-amor, e ainda deitados, eu e Jurandir, olhando para as telhas, nus, sem pudores, entregues àquele cansaço maravilhoso, resolvi contar da novidade. Voltei para Jurandir, joguei meu braço direito por cima da sua barriga, recostei-me no peito dele, e sem olhá-lo, e sem querer, de olhos fixos no membro adormecido, como se falasse com ele e mais ninguém, meio que absorta, expressei palavra por palavra:

– Estou grávida... e o filho é teu!

Silêncio.

Ele se mexeu, na maior calma do mundo, enquanto eu me virava para vê-lo melhor. Ele coçou os poucos cabelos da cabeça, tirou os óculos e sem alteração nenhuma no cenho, disse:

– Se for mesmo meu filho, terei o maior prazer em assumi-lo.

Fiquei feliz, alarguei os lábios num sorriso certo, muito contente, e não disse nada. Ergui-me devagar, e ainda nua fui fazer café, e bebemos na cama, e falamos sobre o passado, e o futuro com o embalo da criança sem sexo, mas linda, os olhos de Jurandir, os dedos da mão e a boca também. Não tinha nada de mim. Depois de tudo e do banho, ele foi embora todo feliz e sentindo-se o mais novo pai do lugarejo.

Lá fora, no mundo da cidade pequena, e não sei como, algumas pessoas souberam do conteúdo da notícia dita assim, quase aos sussurros. Começou com os vizinhos e a notícia foi montada num alazão. Ela foi parar no boteco mais frequentado. Lá estancou a novidade, entre um gole de cachaça e outro. Entremeou nas partidas de sinuca, no cigarro aceso, nas cusparadas ao pé do balcão. Também chegou aos ouvidos do traído quando mal pôs os pés no local.

Quando Jerônimo chegou em casa, um dia de sábado, lá pelo meio-dia, os olhos vermelhos, o cheiro de cerveja espalhado pelos poros e boca, não tocou no assunto. Desconfiei do seu jeito porque não me procurou, não reagiu aos meus carinhos e às minhas vontades, e nada aconteceu. Antes, durante e depois do almoço, falou sobre assuntos diversos, sem tanta importância e parecia ansioso. Algo o alfinetava, o puxava para o canto, para fora de casa. À tarde não saiu, como de costume, e em cada passo, cada palavra, parecia desconfiado, tirar algum proveito, saber de algo nas entrelinhas. E aqui e ali se sentia faltar algo para completar.

Sobre isso, não sou tão nova assim e nem velha para entender as expressões no semblante dele: perguntas, dúvidas por algo que eu sabia o que era. Pensei rapidamente na notícia da gravidez que realmente já devia ter se espalhado pelos quatros cantos do lugarejo. Não queria que as vozes erradas povoassem sua mente. Era necessário me antecipar, ao meu modo, à novidade. Com as batidas aceleradas do coração, aproximei-me da cozinha, perto da porta, a que dá acesso ao quintal, em que ele, sentado na cadeira, limpava a arma com carinho de quem lustra uma parte do seu corpo. Organizei-me para repassar a verdade. Primeiro, fiz-me de mole, com aquela voz amorosa, a sair não de uma garganta, mas de um instrumento musical, quando a música calma e límpida invade o ambiente, enche totalmente a audição de qualquer tipo de gente.

Fui me achegando, enquanto ele limpava a arma, o pente fora e deixado na coxa direita, a câmara já esvaziada e os projéteis, agora, na palma da mão. Esses detalhes sobre a arma ele me ensinou noutro dia, parte a parte. Tomei, de leve, o que restava da arma, de forma devagar e de olho nos olhos dele, tipo de quem flerta, com a suavidade do sorriso, e a outra mão a afagar os cabelos. Então falei:

– Você vai ser pai; estou grávida.

Jerônimo coçou a cabeça, arregalou os olhos e entre surpreendido e sorridente, exclamou:

– Que coisa... nunca fui pai. – e ficou com a boca entreaberta, o olhar perdido em mim, e jurei que ele não estava me vendo, mas talvez se vendo no seu passado nebuloso ou claro demais. Ele nunca me falou das outras mulheres, mas eu sabia apenas que nunca teve filhos, mas não me disse o porquê. Depois retornou o que estava fazendo, mas sempre de olho em mim, a cada passo meu, talvez procurando algo mais ou a não entender a situação ou ainda sem sentir que a ficha caiu. E num instante ergueu-se, caminhou em minha direção e me abraçou comovido e com água nos olhos.

Mais tarde, na boca da noite, saiu, e vi que a arma não estava no lugar onde costumava guardar. Preocupei-me com isso, sabendo da sua índole, do que carregava nas costas. Fui até a janela que dava para a rua, senti a noite fria e sem graça. Imaginei-o indo para o boteco costumeiro, beber sua cerveja e jogar sinuca. Pelas ruas que davam ao lugar, as comadres, em janelas e portas e calçadas, deliciavam-se com a passagem do terrível, só pela ideia de que algo ia acontecer. Os homens também rumaram até lá, porém com a desculpa tola de jogar sinuca, bebericar uma quentinha ou simplesmente jogar conversa fora.

As notícias relampejaram rápidas, e antes da chegada dele de volta, a comadre vizinha relatou, sabedora pelo marido, o que ocorreu no bar.

Jerônimo entrou. Se havia música tocando no aparelho de som, o cantor se engasgou com a saliva. Se havia rumores de vozes na mesa de sinuca e nos arredores, houve um repentino e terrível silêncio. A cachaça, que garganta abaixo descia, tomou outro caminho, fazendo com que de prazerosa, fel. Os amigos que cercavam Jurandir na sua mesa afastaram-se tão rapidamente como se, de amigos antes, agora indiferentes e distantes, muito distantes. O dono do boteco, não sabendo o que fazer, da garrafa de cerveja que ora enchia o copo de um freguês, paralisou o movimento, derramando todo o conteúdo pela mesa e chão. Olhos e ouvidos atentos, corações aos batuques, suores pelos dorsos, cerveja esquentando nos copos, bola sete estagnada na boca da caçapa. Silêncio endemoniado.

Os passos seguintes, e sem olhar para ninguém ou cumprimentar, Jerônimo dirigiu-se à mesa de Jurandir. Este tomava sua bebida tranquilo, como se nada estivesse acontecendo. Certamente, o coração batia-lhe no peito passo a passo, sem tremores, sem nenhuma alteração. Frente a frente os dois, Jerônimo arrastou a cadeira, sem tirar os olhos fumegantes do suposto inimigo. Os outros homens, todos com as respirações presas, à espera do desfecho. Jerônimo colocou a mão direita no cós, no gesto de quem pretendia ajustar a calça ou tirar alguma coisa. Notou-se o clima sobrepairar um tanto mais carregado, alguns tímidos passos para a porta, de leve para não chamar a atenção.

Ao arrastar a cadeira, pensava-se que ia arremessá-la longe, contra a parede ou em alguém, mas com o vozeirão de quem sabe o que faz e sempre fez, pediu um copo para tomar um gole da cerveja com o Jurandir. Os que estavam próximos, como saindo de uma dormência, serviram vários copos ao mesmo tempo:

– Só quero um!

Sentou-se brusco, e foi logo dizendo para o outro antes do primeiro gole:

– Antônia contou-me a notícia. Aliás, a cidade toda sabe da história. Desconfio de que essa mesma novidade ela também te passou. De quem é o filho?

Jurandir, com o copo de cerveja nos lábios, pronto para sorver a bebida, não empalideceu, sequer a mão tremia, enquanto em volta havia suspense e apreensão. A voz de Jerônimo não era a de sempre.

– Tem duas maneiras de saber: a mulher sempre sabe primeiro; a segunda: deixa o rebento nascer, e se saberá com quem parece.

O temível tomou o conteúdo do copo de um sorvo só. Os olhos avermelharam-se, não se sabendo de raiva ou de ardor.

Daquele dia em diante, procurei amenizar os encontros com Jurandir, apesar de sentir uma forte atração pelo danado. Como a barriga crescia, tomando-me o fôlego e a coragem, ambos se afastaram por um tempo. Nesse ínterim, e antes de a criança nascer, fiquei a ver navios. Ao tempo em que ambos me deixaram livre e com condições de sobrevivência, o afastamento deles mexeu comigo. O gesto, a meu ver, me coube pensar ter havido combinação, mesmo inconsciente. A vizinha fortaleceu esse meu pensamento a dizer-me, um dia, que os meus meninos estavam a assistir de longe aos acontecimentos, à evolução da cria. Eles não mencionaram nada sobre essa decisão, mas houve comentários a respeito no boteco. Conseguiram repassar para mim um pensamento atroz e descabido de Jurandir: rezava para o filho não ser seu. Poderia se entender da preocupação, e mesmo tendo me falado que assumiria o menino, era mais cômodo para ele o rebento não ser seu. Sobre Jerônimo, não conseguiram me passar nenhuma manifestação, sequer comentários mais simples possíveis.

Quando nasceu a criança, e era um menino, os dois vieram um a um para a visita, cada um a seu tempo. Jerônimo saiu desapontado.

Quando o curto tempo passou, me encontrei com Jurandir, tantas vezes, nos amamos como loucos, como se fosse a primeira vez, esquecidos do outro, do Jerônimo terrível, o matador. Jerônimo também veio, tempos depois, sorrateiro, alheio à criança, é verdade. Entre um e outro, o amor falou mais alto, como sempre, e em todos os encontros nos esquecemos da questão que pôs em prova uma situação embaraçosa. Ficamos tão embasbacados, sexualmente envolvidos, prazerosamente imbuídos, que não lembrei de amenizar as coisas, de impedir qualquer gravidez.

A menstruação atrasou, a barriga intumesceu: outra criança.

Exatamente um ano depois, no mesmo cenário, a história se repetiu. Sem muita convicção, ou sem tanta malícia da minha parte, os meus amores ficaram frente a frente, e a pergunta ecoou no salão: de quem era o filho?

Porém, uma coisa mudou, certamente. Quando Jerônimo entrou no boteco naquela noite, depois de um ano, ninguém deu pelo ocorrido. A música tocou suave; a cachaça desceu macia; as vozes continuaram seu rumo certo; a bola sete foi encaçapada com vigor; o dono do bar não perdeu a cerveja, e houve um aumento significativo de amigos de Jurandir.

MERCEDES

Nosso pai

Custou-me a crer no que estava por vir. Em pouquíssimos dias da morte da minha mãe, o meu pai escapuliu. Há quem viu ele descer o alto no dia da morte da esposa em outros e mais outros. Lá embaixo havia a casa preferida dele, quando em vida da minha mãe, ele sempre costumava todo dia ir cedinho tomar café. Pensei que poderia ser a forma mais simples de se distrair. Nenhum outro pensamento me veio, em contraponto ao que as outras da casa poderiam pensar. Imaginei a dor, o sofrimento estampado no semblante, a cena intolerável fragmentada na mente em ter visto a esposa inerte, entregue nos braços da morte.

Sobre essas imaginações havia camadas mais densas em que eu tentava não querer vivê-las como deveria. Tentei sobrepor outras cenas vivenciadas quando do velório da minha mãe. Tomei a frente em todos os preparativos, por eu ser a mais velha, enquanto as duas irmãs lamentavam o ocorrido, e os nervos não se cabiam.

Quando tudo estava organizado, no mais simples e possível para momento tão *down*, o pai nesse mesmo dia e no outro não apareceu. Como minhas irmãs estavam tão absortas e chorosas noutros afazeres fúnebres, não notaram a sua ausência. Quando tudo aparentemente serenou, o nosso pai chegou com ares de quem nunca chorou ou morreu. Francisca, a mais próxima de mim na idade, o achou meio rejuvenescido, embora com barba rala; Anunciada viu-o como se perdido e sem noção de onde estava. Percebi outro pai com olhares cheios de brilhos, gestos largos e um andar perfilado. Sem dizer palavras, entrou, e aos poucos permaneceu arredio. Depois, trancou-se no quarto, só saía para comer e outras necessidades, logo voltava a se hibernar. Nós nos revezávamos em lhe dar as refeições e sentimo-nos sucumbir com ele na dor, contritas, desnudas de qualquer julgamento pecaminoso. A sua ausência, quando do velório e sepultamento, evitamos comentar. Havia nas nossas mentes razões aparentes e outras mais profundas e indesejáveis. Nesse curto período, permaneci silenciosa demais a rememorar os últimos passos do nosso pai no fatídico dia. Na medida em que a dor amenizava, aqui a cuidar de um afazer, ali na cozinha ou nos momentos mais serenos, as memórias me foram gratas e consegui, depois de alguns dias, lembrar por que de o nosso pai ter se ausentado. A atitude dele em fugir – imaginei ter sido o seu pensamento primeiro – não foi apenas para não sofrer tanto, não ter que receber abraços de pêsames. O fugir transformou-se em refúgio na casa diariamente visitada, lá embaixo, quando dos cafés diários: a viúva.

Não havia certeza de nada, porque nada era dito, revelado. Talvez tenha tentado aliviar-me da provável angústia no peito; o pensamento intolerável a aviltar-se da presunção do nosso pai; os passos mal dados de um homem que deveria estar enlutado. Mas não, ele demonstrou o quanto não amava a esposa, a fez de escrava enquanto viva. Provavelmente, os restos mortais estavam a revirar-se no túmulo por descabida atitude e os cacos do velho a se regenerarem em carnes novas. Mas isso não ia ficar assim – disse certa vez Francisca quando viu o rosto rejuvenescido do pai ao sair do quarto dois dias depois. Quando saiu, ele não quis nos dar atenção e foi rápido para o alpendre, como se nada tivesse acontecido. Fui atrás dele como um cão destemido e audacioso. Antes que ele se reconfortasse na cadeira de balanço, a sua costumeira das tardes, risquei à sua frente. Ele olhou-me com aqueles seus olhos miúdos, a boca meio que crispada. A tarde quente, o vento a soprar também quente; no benjamim, rolinhas e galos-

-de-campina, e o olhar dele a querer descobrir os passarinhos ou fugir de mim. Os instantes foram sufocantes e os poucos minutos de silêncio, extenuantes. Em mim, paginava a forma como iniciar a conversa com aquele pai difícil de falar e de entender.

— O que está acontecendo com o senhor?

— Nada, por quê?

Trinquei os dentes antes de continuar a conversa e imaginei outra forma.

— Vai se casar com a viúva?

Ele sorriu com o canto da boca, baixou a cabeça e amiudou os olhos.

— Casar? Viúva? Não estou entendendo.

— O cinismo é a sua cara. Mas não vou lhe perguntar mais nada, mas saiba que vai se arrepender pelo resto da vida. A mãe nem sequer tinha sido sepultada, e o senhor correu para os braços daquela outra. Isso não se faz mesmo com o pior inimigo e menos para uma pessoa com a qual se viveu mais de quarenta anos — puxei a respiração. — Ela deu-lhe o mais sofrido suor até cair morta de tanto sofrimento. Sinto lhe dizer, mas o senhor não presta, e se for para aquelas bandas, faça o favor de ficar por lá. O senhor não nos faz falta.

As minhas irmãs foram se chegando, com os olhos em fogo, cercaram o pai. Ninguém falou, e a brisa a soprar em instantes parou, e notei-o sentir-se sufocado. Não aguentando, levantou-se de uma vez e exclamou claro: "Eu sou o pai de vocês".

As meninas surpreenderam-se por segundos, e eu ainda disse: "Tome cuidado".

Ele nada falou, apenas resmungou como de costume. Pisoteou aqui e ali, desceu o alpendre e foi se aninhar com as galinhas. Durante uma semana, não produziu palavras, não saiu de casa, não olhou nos olhos de ninguém, e amargou solidão dos diabos e a seu jeito. Nesse intervalo, vimos, lá embaixo, a viúva a varrer a parte da frente da casa, a sentar-se no seu alpendre, a falar alto com a vizinha, a regar plantas já mortas, a andar de um lado e outro impaciente. Quase que subiu o alto para tomar satisfações, mas sempre estávamos em vigilância, cada uma no seu tempo e lugar. Ela não se atreveu a fazê-lo, mas vimos a furar o chão de um lado para outro, doida para saber o que estava acontecendo. Na minha visão, vislumbrei tudo isso, tanto quanto o pai no alpendre a balançar-se na cadeira e fingir não ver a impaciência d'aqueloutra.

Nunca me passou pela cabeça, pelo meu juízo, o nosso pai tomar uma decisão de entregar-se a outra mulher tão rápido. A forma do desenlace não só me intrigou como igualmente às minhas irmãs. Anunciada, apesar dos seus limites – tinha pouca visão desde o seu nascimento –, enxergou tudo ao seu jeito, e quando vieram as lembranças desse episódio tempos depois, jurou não ter entendido a atitude do pai.

Um dia, nos contou que desconfiava dos saltos dados por ele muito antes de a nossa mãe morrer. Para ela, o pai não tinha amor por ninguém, por saber os Amaros machos todos sem almas e sem ardores. Os homens eram frios, calados e traiçoeiros. E o pai, por visto, não fugiu a isso e demonstrou por anos o jeito péssimo de ser. Francisca, mesmo que a religião a impulsionasse para pensamentos sempre positivos e justos, não conseguiu mostrar-se fiel à vocação religiosa. Sobre o pai, apesar de saber muitos detalhes da sua vida, não suportou a ideia de que ele traíra a mãe por tanto tempo. Precisou ingressar em alguns devaneios para tentar fugir da realidade, mas, enfim, não conseguiu. As nossas tendências lhe proporcionaram ver o pai com outros olhos e o bastante para nutrir desgostos. Francisca, então, aliou-se a mim em todos os aspectos, embora não chegasse a abrir a boca para direcionar qualquer palavra ao pai. Apenas arquitetou pequenos planos para boicotar a presença dele na casa ou com o propósito de amainar a paixão descabida. Mas logo entendeu não ter dado certo porque a presunção dele foi muito mais arrojada e sempre. Todas as nossas investidas para cortar, destruir e trazer o pai de volta não surtiram efeito e, principalmente, as palavras. Todas elas foram em vão, e o pai naufragou nos braços e carnes da viúva de forma tão profunda que nos sentimos derrotadas. E não conseguimos impedi-lo de entrar na casa às suas visitas diárias.

O pai não saberia o quanto a amizade com a viúva ou coisa mais profunda, ou olhares mais apurados nortearia o seu futuro e o nosso também. Não saberia que nós – as suas filhas – nutriríamos ódio coletivo na proporção em que, semanas a semanas, ele esqueceria o recado, cairia nos braços da viúva, se afastaria mais e mais de nós. Estava longe de saber como tudo nos fez sucumbir às nossas solidões, a perdermos gosto por tudo e todos.

A partir de certo tempo, ele nada dizia, mas sabia da mudança brusca e exata do quotidiano. Acostumou-se a ter tudo nas mãos, quando nossa mãe se matava na cozinha, nos arredores e até no roçado, para pôr na mesa almoço, merenda e jantar nas horas fidedignas dia a dia. E só ia se deliciar quando era chamado, mesmo, na sua rede, via o prato na mesa, mas não se levantava, fingia dormir, amolecido pela preguiça.

Agora, quando estava em casa e vinha mais cedo dos braços da outra, e esse gesto entendíamos que ia almoçar ou jantar, a comida esfriava na mesa. O lavar das roupas e outros interesses dele eram feitos à revelia, ao nosso gosto e tempo.

Com o passar do tempo e com o gelo entre nós, houve uma decisão unânime: nenhuma de nós iríamos nos casar. Houve vários pretendentes durante todo esse tempo, antes e depois da morte do nosso pai. Mas quando as coisas iniciavam, ouvíamos as vozes dos pretendentes, aquele tom suave de que tudo era perfeito; os gestos comedidos; os presentes comprados de última hora; os sorrisos largos nos lábios; os olhares profundos de quem pretendia penetrar nas nossas almas; as promessas mais incríveis... mudávamos de tom, esfriávamos as pretensões – igual fazíamos com a comida do pai sobre a mesa – e deixávamos que eles salivassem. Isso porque logo vinha nas nossas mentes a situação da nossa mãe, porque o nosso pai fez exatamente assim, antes, muito antes, e quem sabe, até quando estava na barriga da nossa avó.

CARMEM

Estátua viva

Não pude esperar por mais tempo porque parei nas horas. Mas, antes de tudo, acordei nesse dia com certa letargia e disposta a tentar a sorte e ver e sentir o outro lado.

Estagnada, como uma pedra ou uma estátua, mas de olhos abertos e os sentidos vivos, decidi parar.

A praça e os seus jardins e alguns pássaros neste momento são companhias, mas acredito durar pouco. Tento não pensar, mas há dificuldades porque não sei das reações das pessoas, ou temo ou serão diversas. Tenho uma placa dependurada no meu pescoço e meus seios estão quase às amostras. Se alguém me tira a placa, estarei nua. Essa é a ideia, não de estar nua, mas de não reagir. E na placa não há nada escrito. Vou tentar ficar assim o maior tempo possível. Agora mesmo minha amiga liga o cronômetro. Ela está no outro banco, distante, e de olho em mim.

No momento, somente os pássaros. Na posição em pé, sem escoras, não verei o que pode acontecer às minhas costas. Somente no ângulo da frente e as laterais. Para mim, não importa, porque mesmo em posições outras não veria mesmo as condições inversas. Mas tenho consciência dos riscos e os quero correr, porque sei que virão. A minha decisão não tem volta e o resultado caberá a mim decidir, enquanto o mundo dará o seu veredito.

A praça encontra-se fora do eixo central da cidade. Escolhi por saber que certas horas ela passa de morta para viva em avalanches de gente vindo do trabalho. Tenho minhas dúvidas se são gentes ou bichos. Vacas e bois desembestados. Mas sei, também, por que escolhi a praça. Exatamente no local onde estou senti a primeira vergonha de moça, por ser beijada à força por um desajustado intolerante de olhos de rapina de mãos traquinas.

***

“Não tenho vontades”.

“Eu não preciso delas”.

“Sem elas não rola nada”.

“Pois pegue ‘suas vontades’ e enfie no... você sabe onde”.

O idiota ergueu-se com ódio nos olhos e em todo o corpo. Não olhou para trás – creio eu, porque não o segui. O ódio dele era meu também. Permaneci trêmula e ainda sentada no banco da praça. Ele conseguiu me beijar no rosto, mas queria mais, e na minha juventude, não havia vontades.

Outras tentativas vieram e foram aceitas, os beijos aconteceram. Foram naturais, pespegados, ardorosos, sem doce, com gosto, diversos. Alguns com tentativas de tatos, incertos, certos, e outros ousados, rejeitados, aceitos. O depois se tornou para mim cruel e invadido na minha mente como algo incomum.

Magdalena, minha amiga de infância e colégio, me ouvia, me aturava, me compreendia por vezes e por outras não. Dizia-me, por certezas dela – o que eu já sabia –, que eu era estranha por demais.

Tentamos juntas descobrir:

“Não gosta de homens?

“Não tenho certeza.”

“Então gosta de mulheres.”

“Também não.”

Tentamos de novo:

“Já fez sexo?”

“Nunca.”

“Talvez seja isso.”

“Para se saber, necessário fazer sexo?”

“Como não? A primeira coisa é sentir.”

“Eu tenho vontades...”

“Então...?”

“Elas depressa morrem.”

“Você as mata?”

“Com livros, filmes, caminhada.”

***

Magdalena despiu-se e, totalmente nua, subiu na cama. Sem olhar para mim, mas para um ponto na parede oposta do quarto, permaneceu parada. Estátua viva. Na proporção que ela se despia, me vi no corpo dela. Não ri, mas fiquei boquiaberta. A silhueta de

Magdalena era perfeita e todo o conjunto me levava aos bronzes das praças, de Vênus.

Aproximei-me dela, como se fosse um bronze esculpido por um artista desconhecido. Ela não se mexia e eu a esculpia pelos meus olhos e tentava descobrir aquela magia da pele, das curvas, das unhas dos pés e mãos, das veias azuladas, do conjunto dos joelhos e tornozelos; dos contornos dos seios e dos mamilos; das curvas das coxas e dos enlevos carnais da vulva. Como se eu subisse um penhasco, e antes de chegar ao rosto, as nádegas me chamaram a atenção, e aquelas carnes submersas e volumosas, contornadas com espátulas virgens e o rasgo como veio do rio a separar as duas montanhas, davam-me a sensação de beleza e castigo. Uma vez no rosto, os poros, a harmonia dos lábios, a tonalidade esverdeada dos olhos, as sobrancelhas delineadas, fechavam todo o corpo humano de Magdalena com incomparável elegância.

– Está se sentindo bem, Carmem? – perguntou-me ela, a sorrir.

Balbuciei qualquer coisa e não sabia a resposta certa. Minutos depois, recobrada da dormência, ouvi vagamente o que ela tentava me dizer: quis te mostrar como o corpo nu – por mais natural que seja – ainda não é visto pela civilização moderna como obra de arte, mas como pecado, algo estranho e sobrenatural; pouquíssimas pessoas quando se deparam com alguém nu, ou fecham os olhos – não com as mãos –, mas com os cílios em rápidos instantes de susto, ou viram o rosto como se vissem sem as roupas ao mesmo tempo. As pessoas veem no outro nu os seus próprios corpos nus. Automaticamente, transpõem a imagem para si, como se igualmente estivessem lá, na mesma situação, detalhe a detalhe.

Magdalena se vestiu, tomou meu rosto nas palmas das suas mãos e disse:

– Agora é a sua vez..., mas não aqui! Estarei contigo em qualquer lugar que escolher.

***

Despi-me lentamente em plena praça quase deserta. Não estava com medo, mesmo sabendo que poderia ser presa – atentado ao pudor. Minha nudez, pelos ditames da sociedade, só seria aceita entre quatro paredes, a sós ou acompanhada, mais precisamente pelo sexo oposto.

Não queria mostrar meu sexo – ele pouco importava. Queria mostrar nos espelhos dos olhares dos outros quais eram os reflexos, os meus reflexos.

A placa cobrindo os seios, a mão direita levemente a cobrir a vulva e os rentes pelos, e a palma da esquerda voltada para o céu. Meu rosto, inclinado para a esquerda, a olhar para o lado, enquanto as nádegas, totalmente à amostra. Esperei os homens, todos os homens... e eles vieram, aos poucos para depois aos montes.

Na medida que eles se aproximavam, não senti tremores, nem medo, nem angústia. Minha amiga estava doutro lado, atenta. Mas houve tempo de esquecê-la. E qual surpresa minha, no decorrer do tempo, quando os homens vieram e as mulheres também, não ouvi rumores, vozes deles com expressões chulas, piadas, palavras ardentes e indecorosas. Senti que me admiravam, rodeavam a estátua, os olhos lagrimejavam de alguns. Muitos viam de longe e passavam; outros de perto e depois passavam; adolescentes riam, fotografavam. Mas as mulheres, as do meu sexo, muitas balbuciaram palavras tristes, e tantas não se enxergaram, porque para elas aquilo era uma vergonha, gente que não tinha o que fazer, era escândalo.

LAURA

Regresso

Vejo as duas serras se aproximarem e noto estarem envolvidas com a plumagem do amanhecer. Não lembro exatamente quando entrei nesta espelunca de caminhão, mas sei ser um misto dos feirantes: a boleia feita de madeira, com cabina dupla – um pau de arara melhorado. Enchem-me agora o som dos pedregulhos e calcários e o cheiro adocicado do mato pelas beiradas. Penso estar perto de casa, por saber das serras sempre a se aproximarem. O veículo sacoleja, rangem as madeiras e o ruído dos cascalhos são sons ora grotescos, ora musicais para os meus ouvidos. A senhora ao meu lado, com seus aparentes sessenta anos, voz estridente a ecoar dentro da cabina, comenta com o motorista que o misto deveria passar mais vezes por aquelas estradas, porque atravessa as paragens somente uma vez ao mês. Outros aproveitaram a resmungar em concordância à senhora. Realmente, uma vez por mês era pouco tempo mesmo, precisava de mais. A resposta do motorista foi de minguados passageiros usarem o transporte. Não valia a pena a travessia, além do péssimo estado das estradas. Disse, ainda, ter amores pelo veículo, apesar de velho. Era único por aquelas bandas, vindo do avô. Aproveitou e revelou lembrar sempre o tempo em que o caminhão passara por transformações: frete de animais, tanque para sugar merdas dos seres humanos e, por fim, transporte de passageiros. Esta última versão gostava mais, embora soubesse não poder haver modificações. Entre a voz do motorista e os resmungos dos outros passageiros, o caminhão bufa e resfolega fumaça como se fosse morrer a qualquer instante. Passa-me pela mente um dia o motorista vir a trazer nos braços o caminhão tão querido pela velhice aparente. Uma raridade de transporte.

Agora me atento à cabina como algo doutro mundo, feitio à mão, talhada com esmero e pintada a pincel. As três portas laterais, sem portas, apenas os rasgos permitem os passageiros adentrarem. Somente ao motorista há porta realmente. Os bancos acolchoados de plástico rústico e os encostos sem muito conforto. A tinta de cor verde recobre toda a cabina. Em cima tem espaço para as bagagens, além da metade da carroceria a descoberto. Cabem pelo menos doze pessoas apertadas. Sinto-me uma sardinha a esfregar-me nas pernas da senhora de sessenta anos, enquanto a outra tende a sair pelo rasgo da porta. A qualquer solavanco posso cair, me despedaçar nas pedras do caminho. À minha frente, outra senhora ao lado do, certamente, esposo, um senhor de barbas longas e brancas. Esta cena remete a mim, agora com meus cabelos longos e desgrenhados. Nunca os deixei rentes ou menos longos, e nem tão alvoroçados como agora, depois desse tempo todo em São Paulo. Há tempo em estar por lá e por cá não vir tão cedo, talvez meus familiares não consigam mais me reconhecer. Não sei bem por que deixei os meus cabelos desalinhados ou sob lenço ou touca. Ou até sei, mas prefiro não saber. Tenho cá minhas dúvidas, e sei, por longe, de minha mente não andar tão religiosa. Há tempos, antes de chegar de ônibus de São Paulo até o Ceará, três infernais dias, que me sinto meio aérea e uma vontade vadia de morrer, ou de matar alguém, sei lá. Sinto-me fera, bicho adestrado numa floresta cercada de cimento e luzes. Então, neste espaço de ovo, com esses pintos grandes e cheios de vontades loucas de explodir, tenho uma ligeira sensação de estar indo para o lugar certo. A casa dos meus pais fica logo ali por detrás das serras. Sei por causa das serras a se aproximar. Casa de onde nunca era para ter saído. Fazer o que em São Paulo? Besteira, muita besteira. Só sei da loucura de vida, das afrontas em querer fugir da morte. Não era para ter ido. Do tempo que durou, lembro-me do último relacionamento, com promessas de amores e vida duradoura. No começo tudo lindo, perfeito e todas as promessas minhas cumpridas ou quase, porque dependi de situações. Mas a coisa degringolou de tal forma a fazer-me fugir. Isso demorou muito. Homem enroscou-se nas minhas pernas e meus braços. No começo foi muito bom, com tantos momentos insuspeitos a me esforçar em trabalhar, suar forte, dar prazer e ser sempre útil e inútil. Na cama fomos perfeitos, embora houvesse tempo não sentir mais a pulsação do sexo, porque minhas entranhas pediam clemência, meus cantos e peles em prematuras rugas e os sabores em declínios. Chegou um momento em que não mais sentia prazer, não mais tinha tutano, e com isso corpo e mente sentiram o impacto e se foram. Não aguentei aquele homem insaciável. Quando jurei ir embora, voltar para o Ceará, o mundo revirou e o homem jurou me matar. Não chegou a isso, é verdade, mas assassinou-me a mente e as vontades. Um dia acordei com moleza no corpo, sem vontade de fazer nada. Perdi a saúde e o tempero da vida em pouco tempo. Ele cercou-me com as suas vontades, e eu sem as minhas: não era mais mulher. O meu sexo serviu apenas para as intempéries das chuvas. Uma parte morta, com apenas restrita necessidade. O danado do homem fez-me mandinga ou algo parecido. Deixou-me de cama, passou a me chamar de inútil e esfregava nas minhas ventas exemplares de dinheiro. Agora, estou aqui, de cabelos embaralhados ao vento, só os olhos de fora, como um bicho acuado e sem perspectiva de vida. Entregue a esses devaneios loucos e herméticos sem eira nem beira, ao lado dessa gente diferente. Gente louca, com palavras bestas a me irritarem os ouvidos e os entendimentos. A menina sentada doutro lado olha pra mim agora como a pedir-me um doce, malgrado saber ter seus onze aparentes anos. Doces não tenho e nunca gostei de doces. Vêm-me agora à mente as cocadas feitas pela minha vó. Cocadas feitas no forno de lenha, em panelas de barro, e o coco a ser ralado no ralo de alumínio. O branco do coco a encher as mãos da minha vó. Agora ela leva as mãos no avental, enche-o de pedaços ralados do coco. Pus um pedaço daquele melaço a endurecer e tossi muito porque partes do coco travaram a garganta. Meus olhos ficaram vermelhos e cheios de lágrimas e a tosse não parava. Minha vó bateu nas minhas costas com tanta ênfase que até hoje sinto doer. Coisas de vó a querer fazer de tudo para a neta. Não sabia ela do futuro da neta em ir para São Paulo, voltar com o diagnóstico de esquizofrênica e os seus anseios patéticos. Era preferível ter deixado os resquícios do coco a sufocarem a garganta e a faringe. Mas vejo que a menina não me pede doce, mas olha desconfiada para os meus cabelos. E isso me faz voltar no tempo de menina a olhar os cabelos encaracolados e brancos da minha avó. Também dos cabelos do meu avô sapateiro, grande sapateiro a bater pregos nas solas de borracha, as alpargatas de couro mal curtido. No triângulo de ferro, tipo bigorna, e posto sobre pano branco entre as pernas, para não sujar a calça e para apoiar mais a ferramenta, batia as solas o dia todo, até varar a noite. Nunca descansava para ver, no final, o resultado satisfatório de uma peça bem-feita e duradoura. Ficava eu, com meus dez anos, a sentir nos tímpanos o ruído do martelo entre o ferro e o couro, em repuxo comum e repetitivo. Era o acabamento, os ajustes finais. Depois, erguia os olhos acinzentados, não sabia bem a cor deles, para me enxergar e largar o sorriso sob um bigode branco, tão alvo, capaz de jurar serem os dentes a saírem pela boca e espraiar-se de alegria. Às vezes tinha medo, mas nas outras tantas me chegava manso, enquanto ele jogava as ferramentas ao lado e me enlaçava com seu braço forte. Soltava-me minutos depois com uma moeda enorme na outra mão. Muitas vezes nada dizia, mas o gesto fazia-me sentir um ente querido. Tempos depois, já próximo à senilidade, e antes de entregar-se à escuridão da memória, iniciei a ensinar-lhe a carta de ABC, a levar-lhe chá no Capim (lugar onde ele costumava ir para ver parte dos seus terrenos, onde lá tinha um cacimbão, e as mulheres puxavam água para lavar roupa). Sentávamo-nos num banco comprido, e de costas na parede, e com aquele bigode branco e bem aparado, murmurava as letras do alfabeto entre nervoso e sorridente. Desistia, às vezes, na metade da aula para tentar me subornar com histórias e fazer com que nos esquecêssemos das lições. Levantava-se antes do final, sem que eu soubesse quando era o final mesmo, e íamos para o segundo quintal da ampla casa para olharmos a criação de galinha, os patos e marrecos. No final de tudo, não aprendeu nada, o tempo comeu-lhe as memórias, e o mal de Alzheimer o fez criança, a melecar-se pelas roupas e unhas e paredes, além de entregar-se aos filhos e aos deboches de vizinhos. Não quero Alzheimer, mas sinto a minha memória fraquejar, meus pensamentos divagarem e meus olhos a enxergarem nuvens. Não quero. Prefiro sair dessa cabina mal pintada, mal tracejada e desse povo feio e fétido ao meu lado, e minha perna na perna da mulher sessentona, com cabelos alinhavados de branco e manchas pretas ou cinzentas. Quero cair desse caminhão a sacolejar minha cabeça, meus pensamentos, meus sentidos, minhas tripas. Não sei... Não sei se quero chegar em casa, e vejo as montanhas sumirem. Por que sumiram? Ah! Pelo certo estou dentro delas e minha casa está próxima.

Essa gente ao meu lado, a mulher a resmungar, a menina sempre a me olhar. O que ela está vendo em mim? Vou precisar dar-lhe língua ou careta misturada a olho ruim e esses meus cabelos de bruxa, de espantar moleques. Não quero ver essa gente nunca mais, gente feia, muito feia. E agora desconfio de um homem a não tirar os olhos de mim, sentado atrás. Juro tê-lo visto por um bom tempo ao meu lado, sempre. Mas não consigo lembrar o nome e de onde é e sequer para onde vai, mas isso é de menos. Mas me importa sentir o respirar atrás da minha nuca. O cheiro dele, azedo, inebriante, principalmente quando dos solavancos mais fortes. O cheiro me penetrava nas narinas, sentia invadir minhas ventas e meu cérebro, meus pensamentos. Os solavancos do carro mexem comigo, com os miolos da minha cabeça, e agora sinto os olhos quererem fechar, dormência, enquanto nuvens no céu beijam picos da serra, escondem podas das árvores... estarei subindo para os braços de Deus ou a chegar em casa, rever meus pais já idosos, de peles queimadas, arranhadas, de dentes perdidos, de mãos calejadas, de olhares acinzentados e curtos?

Agora cai uma fina garoa, enquanto os passageiros se mexem, se encurtam, se espremem para não se molhar. Há um pequeno reboliço e as senhoras que agora reclamam das ausências das portas. Eu me viro para fora, a olhar a garoa, a receber as gotículas que me molham aos poucos. Chegam aos meus cabelos, encaracolados como os da minha mãe, da minha avó. A água me batiza e me deixa nostálgica, como em toda a viagem. Não acho ruim que me banhe, por tantas garoas me molhei, me dei, me deitei, me ensaboei. Essa do Ceará tem sua diferença, porque não é fácil, por ser rara, por ser quase única e irmã gêmea da chuva. Nem todas as garoas são iguais, como toda essa gente aqui espremida. Gente desconhecida ou algumas delas talvez já vistas em anos antes de minha partida, mas que minha memória não me ajuda a reconhecê-las. Não lembro de nenhuma, quando muitas vezes não lembro nem de mim, partes de mim, partes do que vivi. Por isso muitas vezes fujo de mim, escondo-me de mim, porque partes são ruins, são difíceis, são cruéis.

A garoa se foi antes da chuva, que não caiu, mas aliviou o calor. Mas ele vai voltar, e quando isso acontece, vem de lascar. A minha volta agarrada a esse calor tem seu significado, a sua vontade abrupta. Saudades da família, dos meus pais velhinhos, do meu irmão que voltou antes de mim, e que hoje é doente, de olhar perdido, não sabe onde está, não vê as pessoas, não sente e nem fala nada além do necessário. São Paulo o deixou louco, as pessoas o deixaram louco, a mulher com quem vivia o deixou louco. Eu e meu irmão temos nossas histórias semelhantes: ele voltou alheio; eu estou voltando sofrida, com um germe fincado na mente que me sacode, me ilude, me mastiga sem dó e nem piedade. Aqui e ali emerge, como o que vem a tomar ar na superfície — quando isso acontece, vem-me a lucidez ou parte dela —, mas depois que esse bicho volta para o interior, amargo transtorno e não me reconheço. Tenho cá minhas dúvidas de quem sou eu, se Laura, se Maria, se esta velhinha ao meu lado ou aquela moça que tem olhos de perdão; a loura ao lado do motorista, que de quando em vez não se importa que ele passe a mão na sua coxa – não sei se é sua esposa ou namorada ou nada; talvez a senhora madura, de vestido florido que usa óculos graduados e por trás deles enxerga melhor do que todos; ou, quem sabe, a moça bonita à minha direita depois da velhinha, que não larga o celular e tira fotos de tudo e de todos, que sorri sozinha, que sente ser olhada pelos homens, que veste um vestido curto a mostrar joelhos e coxas e seios cheios de palpitações; ou nenhuma delas – menos eu –, ou um homem feito o motorista a me olhar de canto de olho pelo retrovisor e depois para a moça ao lado; ou o que está à minha frente, de boné e óculos a murmurar constantemente palavras incompreensíveis e não consegue se conter em se mexer... parece nervoso; aquele na frente ao lado direito da moça, nem novo nem velho, também a olhar com canto de olho para as coxas da moça mas finge ver a estrada e as paragens, e de quando em vez puxa conversa curta, ri de qualquer coisa, volta a olhar para a moça, para os matos e os pedregulhos da estrada; há o engraçado, na minha poltrona, depois da senhora idosa, com lá seus cinquenta anos, de olhos avermelhados, e nas mãos esconde um pequeno pacote, como se guardasse segredos, e em nenhum momento o abriu; à poltrona de trás não ouso me virar, e quando entrei, lá no ponto, vi essas pessoas: três. Recordo-me de uma menina, uma mulher e um homem. São caricaturas, têm traços leves e peles quase transparentes. No tempo da viagem, nenhum deles balbuciou qualquer palavra. Tanto o homem como as mulheres têm cheiros azedos, e quando suspiram sinto puxarem quase todo o ar do interior; de quando em vez sinto o toque da mão do homem no meu ombro. Serei eu igualmente a eles? E os outros passageiros, o que pensam de mim? Que também não falo, quase não respiro, que exalo cheiro de azedo, por ninguém puxar conversa comigo, minha existência conferida apenas pelo olhar da menina sentada no colo da mulher na poltrona à minha frente, que sempre se volta para me olhar, e quando olha me encara como se eu fosse um bicho ou fantasma. Sei que meu tempo em São Paulo foi enorme, de muitos anos – não quero me lembrar quanto –, e regresso transformada – por fora e por dentro – como um ser humano chagado – por fora e por dentro – e receosa de que ninguém venha a me reconhecer.

O misto, agora, sacoleja, bufa mais do que nunca pela ladeira pedregosa. O caminho se estreita e braços de árvores nos abraçam por dentro da cabina. Vejo as pessoas temerosas, o medo estampado nos olhos de todos – menos nos do motorista e da menina que agora me olha tranquila como se eu fosse um quadro, uma paisagem ou algo inatingível. Os de trás sinto não estarem mais lá, pelo silêncio, pela ausência da respiração. Quando surgem espaços entre as árvores, entendo o medo das pessoas, porque de ambos os lados o chão se rasga em abismos profundos.

No topo da ladeira, o misto se sacode, agarram-se os pneus nos pedregulhos, joga outros para os lados e o medo apavora a todos. Não sinto nada, nem me incomodo com o pânico, porque já vivi tantos e o meu mundo interior está cheio deles, e muitas vezes tento segurá-los para não os lançar nas pessoas e nas coisas. A menina agora me olha com os olhos de medo, lágrimas nos olhos. Sorrio para ela e estico meu braço direito na tentativa de acariciar seu rosto. A minha mão, ao se aproximar do rosto dela, sinto que não a toco; a menina se distancia, mesmo ali ao meu alcance. As pontas dos meus dedos não chegam a ela, mas a mim. Olho rapidamente para os lados e vejo que ninguém se volta para mim, para o gesto da tentativa de carinho.

O veículo consegue subir a ladeira, mas não vai mais além. O motorista fala que temos que descer porque o caminhão apresentou um problema. Sou a última a descer. As pessoas se afastam umas das outras, algumas a resmungar, e se abrigam do sol sob as árvores.

Vejo as duas serras próximas e noto estarem a me convidar para ir a pé. A casa dos meus pais estava bem ali. Tiro o casaco devido ao calor. Jogo-o no braço direito e sem olhar para trás – aquelas pessoas não me notam e tomo a decisão de ir a pé mesmo. A mala em cima do misto receberia depois. Mas antes da curva do caminho, a curiosidade foi maior em olhar para trás, e fiz na ânsia de ver a menina. Mas, para minha tristeza, não a vi em meio àquelas pessoas. Parei, procurei com os olhos, não consegui enxergar a silhueta daquela criatura de pele tão transparente. Não a vi. Voltei-me para completar a curva. No primeiro passo dado com firmeza, senti a menina dentro de mim.

LÚCIA

Espelho

Vejo meu corpo diante do espelho, com ar de quem se acha bonita de verdade. Passo as mãos pelos meus cabelos negros e longos, e sinto as madeixas pelos dedos. Reparo bem os seios firmes. Apalpo-os com as duas mãos de baixo para cima a certificar-me da firmeza e do volume. Depois, ponho as mãos na cintura e giro sobre os calcanhares de um lado e outro sem retirar os pés do chão. Vejo-me nua por completo, e depois de tanto tempo, e apesar das angústias e atrocidades, sinto-me bela, jovial e pronta para amar e ser amada. Agora olho pelo canto direito e na imagem invertida do espelho enxergo o homem deitado na cama totalmente nu.

Volto para o homem e com sorriso de mulher alvissareira convido-o com os olhos para um abraço. Ele sorri, mas não se mexe. Sem nenhuma culpa, dispo-me de outros sentimentos e avanço cautelosa. Era o primeiro encontro com aquele homem. Tento demonstrar, nos gestos, a teatralidade por falta de costume a sair com outros. Sinto-me involuntariamente estranha. No curto espaço entre o espelho e a cama, a janela semiaberta. Tenho que passar por ela. Então vi, rapidamente, pela fresta deixada pelas duas bandas, noutro pavimento embaixo, a silhueta da mulher que mudaria a minha vida.

Atiro-me na cama. O homem agarra-me com os longos braços a enlaçar meu dorso. Olhamo-nos dentro dos olhos. Nossas bocas esperam ávidas pelo beijo. Nesse momento não nos falamos. Restringimo-nos às carícias peculiares. Deixamos as línguas se encontrarem, as mãos traçarem os mapas de nossos corpos, montanhas, declives, desertos e cavernas misteriosas. No ápice da agonia, do embasbacar das bocas, das águas mornas que por elas os lábios são inundados, os nossos sexos se ajustam e não se aguentam. Mas eis que se ouvem, lá embaixo, murmúrios de vozes. O homem para nas suas investidas. Ponho o dedo indicador nos lábios dele e sussurro a passear meus lábios nos dele e indo até o ouvido.

– Calma, não há de ser nada.

Inicio nos carinhos e faço com que o homem esqueça dos murmúrios, dos ruídos vindos do térreo. Nos acalentamos e galopamos em terras firmes, apesar de na minha mente passarem tantas imagens e situações. Entre o meio e o fim, não escuto mais murmúrios, e se calam lá embaixo, enquanto não se ouve também o ápice cá em cima. Tudo feito em calmaria, a se saber a porta apenas encostada, o vento a uivar lá fora, e a poeira vermelha dos cascos dos cavalos a invadir partes da casa. Naufragamos um no outro.

Sob os lençóis ficamos a olhar para as telhas e fumamos nossos cigarros, e em silêncio reparamos a fumaça desaparecer tão logo.

Batem à porta, e antes de "entre", a mulher entrou com o pisar de quem tem força e fumaça nas ventas. Ao abrir a porta, a claridade veio junto e escondeu de mim o desenho do rosto dela. Antes de a voz sair de toda da sua boca, e quando a porta se fechou e a luz sumiu, meu coração acelerou tão logo. Não era possível. Distingui imediatamente todo o desenho, e agora o corpo por inteiro. A mulher era eu.

***

Ao subir as escadas e minutos antes de bater à porta, imaginei a mulher no espelho, com seus esmeros, beleza do corpo, seios fartos e mãos macias a se acariciarem. Ela se olha como nunca e se vê como única, e no quarto somente ela domina a situação. Imagina estar no auge da vida ou do tempo, e tem a certeza de que o amor existe, de que o prazer faz parte da vida e o momento é sublime. Vira-se nos calcanhares para se ver melhor, mas não se olha firme nos olhos. Faz de tudo para não se olhar nas retinas, talvez porque não quer ou não pode ou não deve.

Resolve olhar para aquele homem estendido na cama. Não se volta de vez, mas enxerga pelo canto do espelho e o vê totalmente nu como um bicho. Ele não é seu – é verdade –, mas o momento, sim. Se fosse bicho ou gente, era seu por aquele instante.

Ela resolve ir a se atirar na cama, mas antes passa pela janela aberta e... olha para mim. Para um pouco, mas não desiste do intuito. Atira-se na cama e nos braços do sujeito. Tomaria o corpo dele como ser do outro mundo, a sugar veias e sumos pelos poros, pela boca, pelo sexo, por todos os cantos.

Antes que ele a agarre e que se olhem dentro dos olhos, e se babem, se lambem, se esfreguem, paro no batente e reflito antes de bater.

***

Antes de tudo isso, aquela mulher que nua se atira nos braços do homem, e que pensa em fazer amor, em arrancar beijos e abraços, e que se olha – instantes anteriores – no espelho e não se olha nos olhos, e porque não quer ou não consegue, não é a que faz tudo isso antes da batida na porta.

Ela está no ambiente – antes de tudo isso –, lá embaixo, e veio até ali porque foi convidada para estar no lugar. O lugar era uma pousada no posto de combustíveis, nos arredores distantes da cidade de São Miguel. Lugar conhecido pelos moradores como encontro dos amantes e de amores traídos, de gente a trair outras, de balas perdidas, de sangue nos olhos, de facas nos dentes. Lugar onde o casal – proprietários –, cada um na sua estirpe, trata os clientes por assuntos: negócios e amores.

Os passos que serão dados – depois dos outros antes da chegada ao pequeno salão, embaixo do primeiro pavimento e da janela – foram medidos e traçados em suas peculiaridades ponto a ponto.

Subir as escadas, degrau a degrau, seria um ato de glória porque lá dentro do quarto cada detalhe já estaria previsto. Caso algo não desse certo, venceria a tentativa e o gozo deixaria para depois.

***

E ainda antes de bater à porta, pensei, mas logo bati e entrei sem necessidade de autorização. Já sabia quem lá estava à minha espera, conforme o combinado. Mas não sabia que o sujeito estivesse totalmente nu. Sorri cordialmente, sem transparecer ansiedade e nervosismo. Ele retribuiu o sorriso e de olho direto em mim, nada disse, como quem entrasse pela porta fosse uma velha conhecida. Não me importei com isso, e fui direto para o banheiro. Sentei-me no vaso, sem tirar a roupa. Eu vestia blusa e saia num conjunto novo – fiz questão de estrear um modelo para me dar sorte, como também sem vícios e desconhecido de todos. Logo me bateu tristeza repentina e lágrimas me deixaram triste e nervosa. Não podia tremer nas bases porque o momento pedia força e determinação. Enxuguei as lágrimas, e aos poucos me despi, e na medida em que descobria meu corpo nu, arquitetava o plano. Passou um filme na minha mente, revi as situações anteriores, o que me fez vir parar neste lugar e submeter-me aos caprichos do filho de uma puta. Joguei os cabelos para trás, num gesto altaneiro de quem erguia a cabeça para a luta.

Saí do banheiro, e junto à porta, num cabide, deixei minha bolsa de mão, até ali com os pertences valiosos e salvadores. Precisava disfarçar o nervosismo, e diante do espelho, aos olhos do sujeito asqueroso, me vi em duplicidade. Não me olhei nos olhos mais profundo, porque sabia não poder me enxergar como uma mulher vingativa, mas um ser capaz de fazer justiça.

Depois de amar minha beleza, de pensar e repensar em tudo o que aconteceu, e avançar pelos momentos futuros, caminhei pelo curto espaço até a cama onde o sujeito bruto não aguentava mais de tanto me desejar.

No momento da parada, antes do ato final – beijos ávidos, penetrações, apalpadelas, carícias –, quando se ouvem os murmúrios lá embaixo, meus lábios no ouvido dele, e a batida na porta – que não era batida na porta, mas o vento que empurrou quando ela somente estava encostada, e que vulto nenhum entrou, mas imaginei que assim o fosse, e que minha mente massificou todas as imagens e situações e traços marcados até aquela situação, como também a imagem da mulher lá embaixo como duplicidade e minha mente antevendo a mim própria a subir as escadas – retomamos os galopes leves para depois rápidos, os suores, o ápice.

– Nunca te vi por essas bandas. – ele falou com o som vindo da boca como se um monstro saísse da caverna, em estrondos aos meus ouvidos.

– Não sou daqui... venho de muito longe. – não queria dialogar, porque sabia do outro lado meu, o qual se deixaria aliviar com palavras, sensibilidades e os efeitos que elas fazem. O meu medo não estava nele, mas em mim, por querer desistir dos meus intentos.

– Me conta sobre você.

– Não tenho tanto para contar. Sou uma qualquer vivente desse sertão árido.

– Não acredito... você é única... temos que nos encontrar mais. – sorri a retribuir qualquer coisa das suas intenções, mas não me interessava o futuro.

Deitada ao lado do sujeito, eu olhava para a bolsa no cabide e imaginava – sim – que lá dentro estava o futuro.

O sujeito tagarelava, empolgado, mas não ouvia nada do que ele dizia. Meus olhos não saíam da bolsa, e meus pensamentos criavam barreiras entre mim e o canalha.

– Fuma? – perguntei.

– Estou tentando largar o vício. Por isso me policio sempre e evito trazer cigarros comigo.

– Não há nada melhor do que tragadas depois do sexo. – alfinetei.

– Também acho... você tem?

– Não sou uma fumante viciosa, mas fumo em ocasiões especiais.

Ergui-me devagar, e desta vez me enrolei com o lençol. A minha nudez não mais me interessava, e não queria que ela fosse o chamariz para mais delongas. Enquanto ia ao encontro à bolsa no cabide, revi outros dias.

***

O tiro partiu da pistola cheio de veneno e encontrou meu irmão de treze anos, ao tentar se erguer da cama, com um celular nas mãos. Havia ganhado da nossa avó o celular que o fez tão feliz. Isso aconteceu na noite anterior, quando ele comemorava o seu décimo terceiro aniversário. Eu não estava lá. Estava numa cidade a trezentos quilômetros.

A casa dos meus pais era no subúrbio, e meu irmão apenas estudava e não havia antecedentes criminais. A polícia invadiu a casa, e quando meu irmão se erguia da cama, com o celular nas mãos, não deu tempo de passar a última mensagem para mim. Tombou junto com o celular – tiro no peito –, e o aparelho não acompanhou o trajeto, e foi parar sob o travesseiro. O policial não se deu conta desse detalhe, e, provavelmente nervoso, saiu rápido do lugar.

Isso tudo aconteceu há cinco anos, e no julgamento dos que se envolveram no massacre, todos foram absolvidos. Mas eu não perdoei. Eu sabia quem matara meu irmão, e estava lá, no celular, a cara do sujeito com a arma em punho. Minha mãe não quis andar com o processo por medo de represália.

Como passei vários anos fora daquele lugar terrível, ninguém me reconhecia, acompanhei o processo, e o rosto do sujeito nunca saiu da minha mente. Descobri ser ele hipertenso e cardíaco.

Como então cheguei a esse dia do encontro de mil impressões digitais?

O casal dono do posto de combustíveis e do lugar dos encontros de casais eram meus tios. Durante todos esses anos, arquitetamos planos e mais planos. Houve tempo de arrependimento, de "deixar para lá", que Deus providenciaria o fim, de que a vida era a dona da verdade e os caminhos seguiriam os rumos naturais. Mas não houve dia e noite sequer em que minha alma se aquietasse. E o dia chegou.

Da bolsa retirei o maço de cigarros, com o número pela metade acompanhado do isqueiro sofisticado. Rapidamente, imaginei a situação e me controlei para não tremer as mãos. Voltei-me com o sorriso natural e de olho no sujeito. A minh'alma sentia-se pesada, enquanto meu corpo tentava se sustentar sem maiores atropelos.

Ofereci um cigarro para ele:

– Vamos fumar um só. – disse ele de olhos lascivos.

– Desculpe-me pela minha chatice, nunca gostei de trocas de cigarros ou bebidas ou roupas, queira me desculpar esse meu jeito.

Ele sorriu simples e recebeu o cigarro naturalmente.

– Não tem nenhuma bebida para acompanhar a fumaça? – perguntei com o ar sorridente e descontraída.

– Ótima ideia – ele quis erguer-se, mas não deixei. Fui preparar os dois copos de uísque a cowboy.

Ainda na cama, brindamos, bebericamos, tragamos os nossos cigarros, falamos, nos acariciamos, rimos. Um trago no uísque, um trago no cigarro, o rasgo pela garganta, a fumaça a invadir as narinas e pulmões, o veneno a enegrecer os sentidos, a palidez, o baticum descompassado do coração... o silêncio.

Calmamente me ergui, tomei uma ducha sem pressa, limpei todas as minhas impressões, inclusive no corpo nu e inútil do policial. Diante do espelho, me olhei nos olhos, coloquei meus cabelos postiços, batom doutra cor nos lábios. Tomei minha bolsa, e antes de sair, parei diante daquele sujeito indecoroso, pensei em cuspir-lhe, mas não o fiz.

Desci as escadas, saí pela porta dos fundos, passei na lateral do posto sem que ninguém me notasse. À beira da estrada, esperei a condução, e quando entrei, não olhei para os lados e nem para trás. Apenas tirei o celular da bolsa, liguei e olhei na foto de abertura o rosto inocente e triste do meu irmão.

MARLUCE

O seminarista

"Você é linda mais que demais, você é linda sim...."

Sempre que essa música de Caetano toca, vem-me à mente aquele rapaz com certa inocência, ainda de bigodes e barbas ralas. Ele trazia sempre o disco, quase todas as noites, para ouvirmos na sala às escuras, somente a bruxulear luz do poste da rua. Ouvíamos o disco de olhos nos olhos, bem próximos, aconchegados, respirações trocadas. Minha mãe na calçada, em conversas soltas com as vizinhas, fazia de conta que não existíamos e evitava entrar para qualquer coisa.

O disco era trazido por ele, às escondidas do reitor do seminário. Este ficava do outro lado da rua, após um terreno baldio. Era um seminário aberto à comunidade, e as moças iam jogar vôlei, encontros de jovens da comunidade misturados aos seminaristas. A abertura do seminário no bairro trouxe um novo ar, e os seminaristas, vindos de tantos lugares, espalhavam beleza e encantos para todos.

Eu e ele nos achegamos mais, e as visitas noturnas na minha casa, em horários baixos, todas as noites a ouvirmos músicas, a falarmos de coisas triviais, mundanas, joviais, era para mim algo inusitado. Falávamos de tudo, menos de igreja, religião, Deus. Era como se estivéssemos vivendo num deserto, em que a lua mais próxima era a luz do poste; a areia, o pó da sala e dos móveis; o frio noturno, nossas mãos nervosas, principalmente as dele; insetos – se surgissem – eram grilos saltitantes. Entre palavras soltas, as músicas vindas dos LPs invadiam nossos sentidos e nos traziam de volta para a sala, para o mundo, o seminário transformado em concreto, com as luzes acesas do portão principal.

Foi quando aconteceu, numa noite dentre tantas, o nosso primeiro beijo. Nossa, foi um beijo vindo dos deuses – não falávamos de divindades, mas elas estavam dentro de nós, nas nossas peles, principalmente na dele – morena – a me transportar a mistura de mundano e divino. Para mim, não foi um beijo qualquer, mas um que eternizou, me deixou nas nuvens, me ergueu do chão como uma santa a se elevar para o Éden.

Enquanto durou o beijo – não sei quanto tempo –, com meus olhos fechados, a sensação de nuvens, de falta de chão e de ar, senti-me a moça mais feliz e diferente daquelas redondezas. Para mim, ele não era um qualquer que passasse sempre na minha rua, estivesse nos meus sonhos, me deparasse no supermercado, na feira, nas praças, nos bares. Não era. Pensei que o beijo durasse uma eternidade, e durou. Durou até hoje. Eu não sabia que duraria tanto. Mas enquanto nossos lábios se almofadassem e se molhassem nas águas trocadas, e para mim, não precisaria de tantos, outros e outros – mas seria bom que muitos viessem –, eu não me importava com o pecado, nem com o usufruto de um *inocente.*

Quando os ânimos se serenaram e os nervos também, ríamos baixo para não chamarmos a atenção. Minha mãe lá fora, na calçada, a perder a novela, talvez imaginasse coisas... talvez. Foi quando surgiram os diálogos, os porquês das nossas vidas.

– Por que vim parar no seminário? Vou tentar abreviar. Acho que para um jovem como eu, e os demais colegas, tudo começa pelo grupo de jovens. Muitos tomaram o mesmo caminho, principalmente para aqueles que absorveram a vocação a partir dos encontros, das participações nas liturgias, do contato com os padres e freiras. Aos que nasceram com a vocação no sangue e na alma, o caminho já estava traçado. Eu, especificamente, não fui diferente, embora minha mãe jogasse indiretas sobre a possibilidade de um filho seu ser padre. Foi quando olhei para um lado e outro, e os meus irmãos já estavam casados. Sobrou para mim.

Eu ouvia o relato na tentativa de absorver tudo e na expectativa de saber com detalhes qual o momento que eu entraria na história dele.

– Entrei no seminário depois de um amor forte e perdido. Não posso afirmar que esse episódio da minha vida tenha pesado na escolha. Foi minha primeira experiência de amor carnal... um amor sincero e despojado de pecado e malícias. Mas não era para ser...

– Destino?

– Talvez!

– Está resolvido a ser padre? – deixei escapar a pergunta há muito na ponta da língua. Qualquer mulher faria.

Houve um silêncio entre nós e lá fora também. Somente o cricrilar do grilo na calçada invadiu a sala. Ficamos – por minutos – mudos como se o tempo houvesse parado e éramos seres inanimados.

Então, entre suspiros, ele finalmente falou:

– A minha certeza em vir para o seminário, desde quando me senti consciente disso, é de que me sinto bem e espero que perdure até o dia da ordenação.

Ouvi o relato com certa esperança de que houvesse uma brecha, um deslize ou certo arrependimento ou incerteza da sua vocação. Mas outro lado meu tentava me dizer que não era certo eu ser a pessoa a descarrilar dos trilhos o objetivo do jovem seminarista.

– E nossas noites... e esse beijo? – fiz a pergunta com os dedos cruzados e ansiosa para a resposta me dar esperança. Mas o que eu queria mesmo, quando o outro eu me puxava os cabelos para a realidade em que eu vivia?

– Pela conjuntura do momento, quando nos escondemos das circunstâncias, o ato do beijo tem um gosto diferente e bem melhor. Digo até incomparável e gostoso.

Abri o sorriso de satisfação, e minha vontade era de puxá-lo para mim e nunca mais largá-lo. Mas não o fiz e nem nos beijamos na despedida. Ele sempre chegava e ia de volta para o seminário cedo da noite. O quotidiano nos tornava mais próximos. E quando ele saía, eu ficava a olhar os seus passos de regresso, e quando ultrapassava o portão, era como se fosse embora de vez, e imaginava o seu retorno – um dia –, não como um homem comum, mas um padre e totalmente distante de mim. Isso me dava remorsos e lágrimas brotavam.

Muitas vezes, quando me sentia só, após a sua volta ao seminário, eu ia para o meu quarto, me isolava e quantas vezes me olhava no espelho e muitas perguntas sem respostas surgiam entre as duas Marluces refletidas. Minha mãe nunca interferiu entre mim e o seminarista, por achar sermos apenas amigos. Mas ela sabia, e me deixava à vontade, quando dos meus silêncios, do outro meu lado a esconder uma mentira. E ficava de longe a acompanhar os outros passos meus: ir ao banheiro, banhar-me, voltar para o quarto, trocar de roupa, embelezar-me. Via quando eu saía totalmente diferente, de olhar amplo, batom carmim, short curto, blusa a tornear a cintura, seios palpitantes, coxas intumescidas, outro perfume, cremes reveladores.

Certa noite, me perguntou com a voz calma, quando eu saía do quarto:

– Quando vai dizer para o seminarista... não sei qual o sentimento entre vocês dois, que sempre que ele vai embora, você recebe o seu namorado?

– Somos apenas amigos, nada mais – respondi sem muita convicção, e a minha resposta me martelou a cabeça por muitos dias. Talvez o outro eu queria que a resposta fosse verdadeira, que precisava parar com isso, de mexer com o rapaz, de iludi-lo, porque nossos caminhos eram opostos e sem futuro; que havia dentro de mim o prazer da aventura, do perigo, do pecado, que nunca haveria sexo, que eu seria a culpada de desviar os caminhos vocacionais do rapaz. Mas o outro lado fervilhava em borbulhas e arrepios quando o simples estar com ele me fazia outra pessoa, bem mais feliz.

Quantas vezes, quando o rapaz pisava a soleira do seminário, o meu namorado dobrava a esquina, vindo em minha direção. Eu entrava para me embelezar, enquanto minha mãe fazia sala. Na proporção que o perfume era aspergido no meu corpo, eu me perguntava o que eu estava fazendo. Mas ao transportar a porta do quarto para a sala, não conseguia responder, e o beijo de boas-vindas me transformava. Até conseguia esquecer o seminarista, mas quando a cama me recebia com todo o corpo, os pensamentos divagavam por caminhos tortuosos.

Certa noite, o seminarista não me visitou, e na noite seguinte e depois e depois. Era o mês de julho, férias e todos os seminaristas foram ver seus familiares. Ele não veio se despedir, e na volta das férias, ele não voltou.

Até hoje não sei a razão de não ter me visitado. Fui ao seminário no final de semana, quando as meninas iam jogar vôlei, para saber a razão de ele não ter aparecido. Um colega dele, da mesma cidade, disse, sem tanta certeza, ter havido um problema, mas não sabia qual. Senti-me mal, mas o colega dele pediu para eu esperar um pouco. Minutos depois, trazia o LP de Caetano:

– Ele deixou esse LP para você.

Tomei nas mãos a única coisa que nos ligava, e vi o meu nome escrito por mim de um lado, e do outro o dele. Lembrei-me certa noite que rabiscamos nossos nomes e a data na capa do disco.

No caminho para casa, com os olhos marejados, um nó na garganta e uma dor no coração, carregava o disco como parte dele e da triste certeza de que não o veria mais.

Leia também, da InVerso

O COLAR DA MINHA AMADA

"Tudo o que vejo, penso ou sinto pode ser traduzido em palavras lançadas no papel, escolho aquelas que melhor expressem o meu sentimento, a minha visão. Contudo, tenho que fazer chegar aos outros, porque as palavras transbordam, não cabem dentro de mim, necessito deixar jorrar." Em *O colar da minha amada*, Guido Cavalcanti traz uma coletânea das crônicas e contos que publicou nas redes sociais ao longo de dois anos, período da pandemia. São histórias verídicas, vividas ou observadas pelo autor, e outras tantas fictícias, mas sempre com um toque de realidade.

POR TRÁS DE TUDO

A poesia flui diante das maiores adversidades impostas em nossa jornada. E em um período de emergência e isolamento, é preciso despir-se de censuras e deixar-se levar pelas emoções. *Por trás de tudo* é o resultado de um longo período de reflexão e mudança interior, de alguém que buscou na esperança e na empatia a coragem e a leveza para seguir em frente em busca de dias melhores.